SAN MURATA

僕には明日しかない!

TO SON FROM SAN

サン ムラタ

cerf

僕の話を君はどのくらいちゃんと聞いてくれるかな。心配だな。

僕の外国滞在歴はもう半世紀にもなった。僕は時々ポーンとどこでもないところから世界を見てる気分になる。色んな人がいるよね。みんな一人ずつ違う生き方だ。

Value of Life。

みんな僕をサンちゃんって親しみをこめて呼んでくれる。サンちゃんのValue of Life。

それから君の、みんなのValue of Life。

僕はこう。

〝自然に戻ってゆっくり嬉しいことだけ探して生きる〟

それが〝サン流〟だよ。無理の無いことが一番だ。

君もそうしたらいいのにって思うんだ。

もし、僕の今までが、愉快だったり、君にとって新しい発見だったりしたら僕は嬉しい。

これは長いレターだよ。僕から君への、みんなへのレター。

もくじ

ひとりぼっちで夜空を飛ぶとき［Skylark］

タロウくん。

あなたが十二歳くらいの時。君は全然親のいうことなんか聞かなかった。もちろん当然で、あなたは十二歳だもんね。だけど君が本当に頑固なヤツで僕はまいったよ。君はすべて一人でなんでもやって来た。すごいことだ。君は以来、中学校から大学まで一度もお金をくれと親に言ったことがない。僕と比べたら天と地だ。本当に君はSOLISTだね。

君は苦労したなんてことは全然言わないけれども、SOLISTを長くやっていれば大変な苦労をしただろうなんてことは僕にだってわかるよ。きっと今もそうだろう。

僕はあんまりいい親父じゃなかった。タロウくん、ごめん、ごめん、あやまりたい。お前を本当に愛しているよと言いたい。

男親と男の子は何か不思議にコミュニケーションが難しいなあと思う。何故だろう。男親は子どもとあまり時間を過ごさないよね、これは時代のせいでもあるかもしれないけど。最近の若い人たちは違うかな、そうだといいな。僕は君を愛しているよと言うかわりに「どうしているの?」とか「元気か?」とかぜんぜん違うことを言っちゃうんだ。そりゃあ子どもが『うるさい親父がまた心配してきた。ああもう、うるさいなあ』ってなっちゃうのは当然だ。

僕は日本育ちだけど息子はカナダ。僕は日本語、息子は英語。考え方が違うところがたくさんあって困ってしまう。Cultureの違いでコミュニケーションが難しいってこともあるんだな。

でもね。

日本とカナダのギャップを超えて、僕は気持ちを君に伝えたい。僕は息子に本当に感謝してるんだと言いたい。ひどい親に素晴らしい子どもが生まれたとはこのことだ。なんていうんだっけ、トンビが鷹だっけ?

君が大学を98%の成績で卒業したのには驚いたよ。思わず僕は君に言ったね、大学院に進学して奨学金で勉強したらどうだって。君は「親父、俺は自分で働いて大学を卒業した」と言った。「将来は自分で決める」

その通りだ。僕の言うことじゃなかった。僕は黙った。

君は素晴らしい伴侶を得た。子どもも出来た。それできっとずいぶん君の人生も変わったことだろうね。まあ君の頑固は筋金入りだからどうかなあ。いや、君も頑固だけど僕も頑固だろ。僕の伴侶のママ、つまり君から見たらGrand Matherは凄い頑固で、となれば君には間違いなくその血が入っている。僕の三倍は頑固なわけだ。

Grand Matherコリーンは、完全に100%娘のキャシーをコントロールしてたね。可哀想なキャシーはすっかり自信をなくしてしまった。彼女は僕の伴侶としてコリーンと僕の間に入って大変だったと思うよ。もちろん僕は僕なりに一生懸命だった。君のため、キャシーのために働いて頑張った。でも彼女には随分苦労を掛けてしまった。

僕も君の親父としてダメなんだけど、僕の親父も最悪だった。子どもの頃に一緒に外へ出かけたり遊んだ思い出なんてないんだ。父の友達と母と僕とでたまに高級レストランに行くのがたったひとつの例外。なんだか嫌になって来たけど、僕にはその親父の血が入ってるんだよね。僕は父と僕の関係みたいになりたくないと思ってた。それで考えて僕の好きなテニスを君に教えることにした。テニスで一緒に過ごす時間を作ったんだ。とってもいい考えだと思った。四年間、毎日テニスをしたね、覚えてるかい? 君は抜群にうまくて、テニスカナダに選ばれた。十二歳でもう僕のテニスを抜いてしまった。勝てなくなった日を今でも覚えているよ。僕は舞い上がった。テニスFather、Stage Fatherになった。君をpushして練習練習って無理やりコーチした。ずいぶんと喧嘩もしたじゃないか? 覚えているかい、懐かしい。ああ、あれは僕の大変な間違いだった。僕にテニスのタレントがないからって息子に補ってもらおうなんて親父の我儘を押し付けてしまったんだよな、最悪だね。

でも、僕は君とずいぶん長い間テニスのお蔭で時間を共にした。君も君で大学の費用はテニスを教えて稼いだりもしたんじゃない？　それってすごいし立派だ。

ねぇ、君の子どもはとても可愛いね。君のパートナーは美人で頭が良くて文句なし、最高だ。君の子どもを抱いていると僕はエンジェルになったみたいで心が綺麗になるんだよ、涙が出そうだ。意外だって？　僕は外からはそう見えないかもしれないけど恥ずかしがりやなんだよ。あまりEmotionalな面は出せないんだ。キャシーはとても自然にそれが出来るから、いいことだし羨ましい。これって僕が日本人だからかなあ。日本的な部分を未だに持っているんだよ。顔に出さずに泣いているときだってあるんだ。

そうさ、キャシーと別居すると決めたときは顔に出さなかったかもしれないけど人生で一番のショックだった。とてもとても淋しかった。考えてみてくれよ、四十年近く一緒に暮らしたんだ、君もいて、経済的にも何の心配もなくすべてがＯＫになった時だ、そんな時に別れたんだよ。僕ももう七〇歳に近かった。精神的に本当にまいったよ。大好きな僕のスタジオもあきらめてやり直さなければならない。あの一年は本当に嫌な年だった。助けになってくれたのは描いていた絵だけだ。あの時は君も一度も電話もしてくれなかったし訪ねてもくれなかった。お蔭で僕は強くなったよ。僕だってプライドがあるから君に言わなかったし普通のふりをしていたけど。

君は知らないだろうけど僕は彼女のことを本当に愛しているんだよ。本当にね。

だからさ、君に親父からちょっとだけ言わせてほしい。

たまには人の意見をきくことも大事だよ。きっともっと楽になるよ。SOLOは限界がある。聞く耳をもってくれよ。大きく伸びる秘訣だと思うんだ。人と人との結び合いが力になっていくんだ。ひとりでは、いくら力があっても無理だよ、歴史を振り返ってみてもわかるだろ。

音楽と同じだ。人の音を聞いてハーモニーというものが出てくるんだ。

僕はカナダと日本の両方を知っている。日本も良いし、北米も良い。

でもこの頃は歳をとってきたからか、日本のスタイルが肌に合うようになってきたよ。ハーモニーのせいかな。日本は和を大事にするから。

僕は東京育ちだけど、今は日本の田舎が大好きなんだ。特に九州の熊本は一番好きな所になった。素晴らしい友だちに出会えた。みんな、ものを創る人たちで芸術家だ。この人たちによって僕は素晴らしい方向に変わりつつある。この人たちと一緒に過ごしていると何の為に生きているかを強く感じる。嬉しいことだよ。どうか君にも、そんな経験をして欲しいと願っている。

なるほどいい人生だね［THE GOOD LIFE］

僕は一九四〇年の四月一九日生まれだ。あっという間にこんなに時が過ぎた。本当に夢に満ちた冒険だった。好きなことはすべてやってきたし、自分は幸せ者だと自負している。見続けてきたこの大きな夢は、僕が日本からカナダに移住したことから始まった。どう考えたって波乱万丈の人生だ。なんでカナダに移住したのって思うでしょう。

僕は目黒区自由が丘で生まれた。カナダなんかなんにも関係ないところだよ当然。学校は東京学芸大学附属小学校、青山学院中等部、青山学院高等部、武蔵大学経済学部、要するに坊ちゃん学校にすべてコネで入ったようなものだった。僕、勉強嫌いだったから、まったく成績が良くなかった。それなりに良い家に生まれて助かったよ。知ってる？　僕のgreat great great Father、日本語だとなんだっけ、高祖父かな？　これは堀達之助っていうんだ。ペリーが黒船で日本に上陸したときの通訳だよ。で、母のgreat great great great

Father、舌噛みそうになっちゃうな、とにかく六世前の祖は北畠親房と北畠亜顕宗。古めかしい名前だろ。南北朝時代に後醍醐天皇に仕えたんだって。つまるところ僕の両親のバックグランドはサムライだった。お陰で僕が楽を出来たってわけだ。

高校のときに成城に引っ越した。お陰で僕の人生はここからずーっと超一流に囲まれることになる。この家は映画監督の本田猪四郎ってゴジラの映画監督から買った家で、隣の家には市川昆、これまた映画監督が住んでた。家の裏側には井上道義（京都オーケストラの元常任指揮者）が住んでて、子どもだった井上君に僕の母がピアノを教えることになった。彼はうちの母の後には山岡優子にも師事していた。山岡優子はコンサートピアニストで桐朋学園のピアノ教師、それからフェリス学園の教授をしていて、なんとフランスから文化勲章をもらった人だ。そんな凄い人なんだけど、驚いたことに僕の兄の伴侶だったりする。

ちなみに僕は今ではJazz violinなんてやってて、勿論音楽は大好きなんだけど、子どもの頃にクラッシック音楽を聴かせてくれたのは母の学生時代からの親友の黒柳朝子（黒柳徹子さんのお母さんだね）だったんだよ。あそこのパパは、有名な話だからみんな知ってると思うけどNHK交響楽団のコンサートマスターだった。おかげで小さな頃からクラッシック音楽を生で聴く機会がたくさんあった。贅沢でしょう。

で、これが面白いことに、実は黒柳朝子と僕は一緒に本をつくったことがある。子どものころの僕にそんなことが将来起きるなんて想像すらできなかったけどね。彼女が書いて、僕が挿絵を描いた。タイトルは「チョッちゃんが行くわよ」。とっても素敵な面白い本だ。今でもちゃんと手に入るよ。彼女と一緒につくったこの本はベストセラーになったからね。NHKの連続ドラマにもなったんだ。

絵はどうやって学んだかって？　実は僕の母は画家だったんだ。岡田三郎助から絵を学んで、朱葉会というグループに入ってた。年に一度上野の美術館で展覧会をやっていたよ。僕もよく連れて行ってもらったものだ。だからって別に習ったわけじゃない、僕はね、全部自分でやっちゃうんだ。音楽も絵も、ぜーんぶ自由なものでしょ？

成城といえば、近所には石原裕次郎が住んでたよ。とっても可愛がってもらった。美人な僕の友達奥島チョンピから紹介してもらったんだ。裕次郎は時間があればチョンピの家で楽しい時間をすごしていたし、おまけに僕らのやっていたヘタなハワイアンのバンドで歌ってくれていた。彼の持つ音楽に対するFeelingは最高だった。裕次郎は親分肌でとても明るく気持ちのいい人で、友達と時間を過ごすのが何よりも好きだった。そして人に何でもあげる癖があった。服なんかよくあげていた。僕にも真っ赤なセーターやジャケットをくれたことがあってね。当時そんな服を着ている人なんて裕次郎くらいだよ。僕の父はお堅い銀行マンだったから、真っ赤なセーターを着た僕を見て「そんな服を着て玄関からでないでくれ。裏口から出ろ」と青くなっていた。今になっちゃうと可笑しいよね。

そんな調子だから、色んな人に出会った。僕が面食いなのは絶対にこの環境のせいだな。その頃の僕の憧れだった美人のユリ子お姉さんからはベーチャンという子を紹介された。ベーチャンもすごく美人で、暇な時間にモデルの仕事をやっていた。ベーチャンは有名で彼女の写真は電車やデパート、もうそこらじゅうで見ることができた。ベーチャンとデートしているときはよく生意気だと他の男から殴られた。彼女とのデートはいつも命がけで、やきもちをやく男達に目が合うたびに殴られた。でも彼女といるのはとても楽しかったんだ。

僕は色んなバンドに入ってて、新宿アシベ、銀座テアトルなんかでも演ってた。その彼女が当時誰もが知っていた守谷ヒロシという有名なポップスターを紹介してくれた。更にその彼から田辺昭知を紹介された。彼は新しくスパイダースってバンドを作ったところで、なんと僕はそこに入ることになった。池袋ドラムで演奏したのを覚えているよ。スパイダースでだよ。びっくりだ。

そうだ、スパイダースといったら、かまやつひろしも仲良くして貰ってた。彼はそもそも青山学院の先輩だったから、彼の家でよく曲を教えてもらった。彼は誰かに教えてもらったアメリカのポップソングをすべて英語で覚えていた。彼はお洒落で服の流行に敏感で、そういうこともみーんな教えてくれた。当時ブレザーコートなんて誰も着ていなかったのに、彼のマネをして金のボタンのブレザーを着ていたら、先生から「お前は消防士か?」なんて言われたりしてね。

ほら、超一流ばっかりでしょ。

だけど当時の僕はいつも自分でどういう風に生きたいのかわからず、毎日モヤモヤしながら生きていた。まだただの『三流』だった。なさけないね。格好ばかりつけていたけど、頭と体はいつも不安でいっぱいだった。外見からは派手でイカレポンチに見えていただろうと思うけど実は全然違う。いつも感情的で繊細な男だった。もちろん誰にも分かってもらえなかった。僕はロマンティックな音楽、映画がすきだ。特にフランス映画が大好きで、終わりに答えが出てこない切ない感じには自然と涙があふれてくる。僕はそういう人間なのに、その頃は神経が細かくて繊細な男は認められない時代だった。そうだね、だから僕はカナダにいくことになったのかもしれない。

僕ら気にしないだろ [By the Beautiful Sea]

いろいろ思い出してきた。

カナダに行くまでの僕の人生って最高と最低が一緒になってた。超一流に囲まれた三流ってわけ。

学生時代なんてさ、たえず質屋通いだったよ。質屋ってあんまり馴染みがないのかな。自分の持ってる良いものを担保にお金を貸してくれて、お金をちゃんと返せたら預けた大事な良いものが戻ってくる仕組み。

僕が質屋で過ごした時間は学校で過ごした時間よりも明らかに多かった。おまけに質屋のオヤジは日本マジック協会の会長という実に怪しい肩書きを持ってて、質屋に行く度に新しいマジックを披露してくれた。いつも黒のハットにマント姿が彼のトレードマークだった。全然質屋の image じゃない。

僕のお気に入りの素敵な車、ルノーは数え切れないほどこの質屋を出入りした。他にないんだからしょうがない。当時いつも一緒だったのは黒田征太郎。

黒田征太郎、知ってる?

世界でも名の通った超一流のグラフィックデザイナーだ。イラストレーター、そして絵描きでもある。ラジオもやってたし、美空ひばりさんなんかとも親しくなったような、すごいヤツ。だけど僕は子どもの頃からの付き合いでクロちゃんクロちゃんだ。彼も僕をサンちゃんと呼んでいる。クロちゃんに教えてもらったことは死ぬほどあるよ。彼は若い頃すでに船で世界に出ていて遊行していた。彼は僕よりずっと大人だった。

僕らは毎日のように電話をして遊びに行った。

「どこかに行こう」

「海に行こう！」

いつもそれだった。僕らはいつもお金がなかったけど、クロちゃんが値打ちのある美術の本をたくさん持っていた。ある日、本を質屋に入れてガソリン代にしようとオヤジに会いに行った。ところがオヤジの前で本を開いたら、誰かがこっそり隠した大金が出てきた。二人で大喜び！　オヤジに「これこそGood Magic！」と言って笑いが止まらなかった。なんだかそんな関係だ。

その頃は、のちのNHK交響楽団No.1チェリスト、徳永健一郎ともとっても仲良くなって僕らは毎日みたいに三人で遊びまわった。だけどなにしろ僕らはお金がなくて、ガソリン代がいつも片道分だった。帰りになんとかガソリンを確保しても、給油する道具もありゃしない。しかたなく、徳さんの出番だ。彼のくちびるが大きいのと誰にも負けない肺活量の持ち主ということでこの役はいつも徳さんだった。どうするかって、ホースを使ってガソリンを吸い込んで僕のルノーに給油したんだ。後に彼は「ガソリンマスターの徳さん」と呼ばれるようになった。

そんなある日、おでんの屋台に行った。徳さんが「オレのおでんを見てみろ」と言う。僕らは覗き込んだ。ガソリンが徳さんの口からおでんの皿に移ってオイル特有の鮮やかなおでんにchangeしている！　思わずふきだした。命名「レインボーおでん」！

お金がなさすぎた僕らが海にばかり行ってた理由は気分が良いってこととお金が掛からないってことのほかにもう一つあった。クロちゃんは海での素潜りがとても上手だった。天才的な技術で銛を使ってクロダイをたくさん取ってきた。東京に戻って二人で料理屋に売りさばいたこともある。僕にもクロちゃんは魚の取り方を教えてくれたけど、どうしても彼のように上手くできなかった。クロちゃんはこれについてはプロ級だった。魚のおなかを銛で射抜くと魚の体に血が回る。それじゃ生臭くなって料理屋に売れないと言って魚の頭だけをいつも正確に打ち抜いていた。

こんな調子で冬でもよく葉山や伊豆に行っては海に潜って魚を獲っていた。思い返せば学生時代は本当に全く勉強しないで遊びまくっていたんだなあ。昼は田園テニスクラブでテニスをするか車で海へ行く。夜はバンド活動で渋谷テアトル、新宿アシベ、池袋ドラム、銀座テアトルと色々な所を周って音楽をやっていた。何しろその頃はスパイダースにいたものだから、プロのバンドとして活動していてとても楽しかった。僕がスパイダースの最初のバンドメンバーだったんだからしょうがない。

その頃有名だった歌手は坂本九とか守谷ヒロシ、平尾マサアキ、山下敷二郎。スパイダースでは斉藤チヤ子という女性歌手が結構人気だった。僕はカントリーウェスタンを歌っていた。本当に恥ずかしい、僕が歌っていたなんて！

笑顔を忘れずにいれば［SMILE］

海かテニスかってくらい、昼間はテニスに明け暮れた生活をしてたけど、僕は特別強くなかった。

武蔵大学のテニス部は第五部だ。慶応、早稲田、明治、法政が第一部で強豪選手がたくさんいた。大学戦では四大学という行事があって、毎年秋に各大学と対戦した。第七部まであるうち、四大学ってのは成城学園、成蹊、学習院、武蔵のこと。内訳は学習院が四部、成蹊が三部に成城学園が四部で武蔵が五部。余談だけど学習院のスガノミヤさんもよくテニスを見に来ていた。

僕は自分の大学ではNo.1選手だったけど、特に才能の無いプレーをしていた。というのも普段はハッタリの上手い僕なのにテニスは粘ってるだけの全然面白くないstyleだったから。なんていえるのは今だからだ。当時、田園クラブでテニスを教えてもらっていた日本のテニス界を牛耳……違うな、テニス界に君臨？　していたテニス一家のパパ宮城さんには頻繁に「お前にはテニスの才能がまったくないから辞めたほうがいい」と言われていた。なのに若かった僕は「この若さでこの才能、パパは嫉妬心から自分をテニスから遠ざけようとしているのではないか」などと本気で思っていた。まあ、当然パパの言うことの方が正しかったよね。

パパの娘の宮城レイ子さんは日本のテニス界のNo.1で、10年間全日本チャンピオンというすばらしい経歴の持ち主だ。彼女は僕のことを可哀想と思ったのか川崎トーナメントに誘ってくれた。もちろん僕はOKした。うれしさと興奮で胸がいっぱいだったのを今でも憶えている。宮城さんのテニスのフォームは誰もが見惚れる素晴らしく美しいものだった。まるでバレリーナのようなしなやかなバネのあるフォームでそこから生まれる球のスピードは半端なものではなかった。おまけに彼女は群を抜いて美人だった。

もちろん宮城さんのおかげてNo.1シードに選ばれた。初戦の相手は僕の方ばかりにボールを打ってきて宮城さんのところにはボールが行かなかった。僕はといえば緊張と焦りで体が全く動かず、そのままこてんぱんにやられてしまった。とても恥ずかしかった。このことが僕のテニスの才能の無さをはっきり証明した。

パパはテニスに関して僕を一度も誉めたことがなくて、それは全くもって正しかったわけだけど、何故かお前にはデザインのセンスがあると言って、毎日トーナメントの優勝トロフィーのデザインを依頼してくれた。正直随分と複雑な気持ちにはなった。当然でしょ？でも嬉しかったのも事実。そのとき彼に渡したデザインは今でも明確に憶えている。お礼にパパはWilson Jack Kramerのテニスラケットを2本くれた。僕はアメリカかぶれのイカレポンチでアメリカのものがすべてよく見えてたし、あの時代はWilsonのラケットは大変高価でレアなものだったから、ヘタなテニスプレーヤーなのにどこへいくのにも毎日このラケットを持って歩き回った。まるで名プレイヤーになった気分だった。田園クラブにはその頃本当に強い選手が揃っていた。石黒さんとか宮城さん長崎さん、名選手ばっかりだ。みんな、デビスカップの選手だからすごいよね。僕は何を勘違いしてたんだろう。

この毎日トーナメントの優勝トロフィーは今でも僕のデザインのままのはずだ。

ちなみにいくら一流プレイヤーに比べて下手だといっても、僕のテニスは要するに「まあまあ」だったわけで（でないとさすがに大学で一番になれない）一番調子が良い頃は田園クラブでダブルスNo.5だった。パートナーは仲良しの慶応生の西島紀一郎。もちろん僕より上手かった。ついでに彼の足は本当に長くて、体つきはファッションモデルのようだった。それに比べ僕の足ときたら生まれつき曲がっていて馬乗りにぴったりというか、乗っていなくてもすでに馬にまたがっているような感じだった。なんていう外から見たときの見栄えを気にしないなら、とにかく毎日彼とテニスをすることは楽しかった。

大学は普通四年間だけど、西島も僕も親しい吉川ホー助も五年間在籍していた。ホー助のお父さんからは「君たちは本当に勉強が好きだねえ」とよくからかわれた。その後のセリフは決まっている。「そろそろ卒業したらどうかい。十分に勉強したろ?」

ちなみにホー助のお父さんってのはつまり吉川英治だ。天才的なWriterだった。知ってるよね? 「私本太平記」とか、「新・平家物語」、それに「宮本武蔵」! 「国民文学作家」なんて呼ばれてるってことを、僕はちっとも知らなかったけど。

まあ吉川家のことはあとにしよう。実はホー助と友達になったから僕はのちにJazz violinを弾きたいと熱望することになるんだけど、それは僕の人生では随分と後半に出てくる話だから、またその時に。

勉強しないことにかけては僕と西島は同じようなものだったけど、西島の場合はテニスの才能がそれを十分にカバーした。その証拠に彼は卒業後、大会社に就職しまもなく部長に昇進した。あれ？　テニス関係ないのかな。でも西島も勉強してなかったけどなあ。

結局、僕の卒業論文は日比谷高校ラグビーの名選手で当時は早稲田大学の優等生だった親友上林三郎に助けてもらい、というか彼に書いてもらった。僕のやったことと言えば彼の文章をそのままそっくりに僕の字に変えたことだけだった。そうか、なるほどパパの言うとおり、デザインのセンスはその頃からすでにあったのかもしれない……もちろん卒業式に両親は来てくれなかった。恥ずかしいと思っていたせいだろう。じゃあ一人ぼっちで淋しい卒業式だったかというと、これがまた、なんと両親の代わりに質屋のオヤジとその細君が、しかもオヤジは山高帽にマントというなんとも胡散臭い格好で出席してくれた。僕の友達はみんなびっくりして、「お前のオヤジは変わり者だな！」と言った。にやにやしちゃうね。本物の僕の親父は頭の固い真面目な銀行マンなんだから。

その後あの質屋のオヤジはどうしたんだろう。懐かしい。とにかく僕はこうして大学を卒業した。ほらね、見事に最低で最高！

なんにもがんばらなくって、いい！[DOWN ST.THOMAS WAY]

いくら僕でも卒業したからっていきなりカナダに移住したわけじゃない。第一アメリカにはかぶれてたけどカナダなんてまだ人生の中にほとんど出てきてないんだから移住なんて思いつくわけもない。

じゃあなんでそうなったのかってことなんだけど、これが妙なことに僕がカナダに移住するきっかけを作ったのは親のコネで入った某大銀行子会社の広告代理店なのだった。

ここまで読んでくれたんだからもう十分わかってると思うけど、僕は大学でろくに勉強しなかったんだから上司の期待には一つも応えられることがなかった。応えられないどころか「お前は学校でいったい何をやっていたんだ？」の決まり文句で毎日いじめられるのが日課だった。

僕はみんなそうするように毎日、成城から下北沢、渋谷、新橋と一時間かけて汗だくになりながら電車で通勤していた。だけど汗だくだなんておしゃれな僕にはどうしても許せない。仕方がないから汗で汚れた背広、シャツそして靴を会社で毎朝着替えていた。その度いじわるな上司が「お前はファッションモデルではない！」と僕を怒鳴った。全くやれやれと思っていた。

しばらくしてから電車通勤から車通勤に変えた。あの当時若い社員が車なんて高級なものを所有していることはまずなかった。僕はルノードルフィンに乗っていたから得意になっていた。そのせいかどうか知らないけど、その後は課長や部長からも毎日怒鳴られるようになった。真面目な話、普通の人だったらノイローゼになるよなってくらい毎日怒鳴られたしイヤミを言われ続けた。

まあ、結論から言うと僕はあんまり普通の人じゃなかったから良かった。子どもの頃からやること成すこと反対されてたせいか、いつしかそれでもやりたいことはやり通すというメカニズムが体に出来上がっていたからだ。課長や部長のカミナリは僕にはなんの効果もなかった。きっと僕の神経は悪い政治家並みなんだろう。ヤダネ。

こんな調子だから端から見たら悲惨すぎる新入社員生活だったに違いないけど、そう悪いことばかりでもなかった。会社の中には若い女性から中年のおばちゃんまでいて、上司から僕がいじめられているのを見ているせいか可哀想がって特別親切にしてくれた。駄目な僕に母性本能をくすぐられたのかも。いつも下っ端の僕にお茶やお菓子を持ってきてくれたし、ネクタイが曲がっていれば直してくれた。みんなとてもやさしかった。まあ、当然のことながらそんなところを上司に見られた後はそりゃあもう始末が大変だったわけだけど。

　そもそも会社は大阪系の企業だったから大阪人が非常に多かった。東京と大阪の人間はその当時すごく相性が悪かった。お互いに馬鹿にしあっている感じがいつもあった。東京の人間は大阪人のことをセンスが悪い、朝から晩まで金のことしか頭にない、「おはよう」というと「もうかってまっか？」でとても品が無いとののしってたし、大阪の人間は東京人を格好ばかりつけて高級レストラン通い、音楽はショパンだのモーツアルトと難しいことを言ってインテリぶっているが結局は金なし、ゼロ銭とののしる始末。東京生まれの僕が上司どころか同僚ですら合わないのはどうにもならない宿命だった（とはいえ、親友のクロちゃんをはじめ大阪人の友達だって一杯いるからよくわからないけど）。

　でもね、そういうのって世界中どこにでもあるんだよ。カナダでもトロントとモントリオールは似たような関係で、モントリオールは東京人、トロントは大阪人みたいなんだ。おっと、いつになったらカナダに移るきっかけが出るのかって。まあちょっと待って、それは僕の社会人二年目のことだった。

　僕にもようやく会社の外に出てセールスをする許可が降りた。いわゆる「外回り」というやつだ。本当にうれしかった。だってどう考えても僕そっちの方が向いてるでしょう。それが証拠に、僕は誰よりもセールスがうまかった。３ヶ月ほどで新人の同僚は勿論こぼう抜きでその上先輩も追い越してトップセールスマンになった。

どうやってやったかって？　カンタンだ。僕は昔からいろんな人と交流があるし仲良くなるのがとても得意だ。おまけにボンボンだったから、友達の親はみんな大企業の社長や重役ばかりだった。ずるいと思うかもしれないけど彼らに嫌われないのだって僕の才能の一部でしょ？

そういう人達のおかげで成績は嘘のように稼げた。学生時代とえらい違い！

課長や部長は「セールスは簡単じゃない！」というのが口癖だったから、僕のセールスの報告書のことを信じなかった。確かに大企業がずらずら並んでたから無理もない。でもなにしろ僕も若かったから、カチンと来ちゃって、証明してやろうと部長の前で直接クライアントに電話をした。「吉田さん、サンちゃんです！」なんて話し始め、僕を信用するように部長を説得してほしいとかなんとか言った。部長に電話をかわると彼の表情はみるみる変わった。しまいには恐縮してしどろもどろになっていたのを覚えている。痛快だった。そもそもそんな部長が及び腰になるような物凄いクライアントも、僕にとっては家族ぐるみの友達でスキーに行ったりテニスをする仲だったんだから社長だろうが重役だろうが関係ないのだ。

そんな調子で毎日売り上げを伸ばしまくった。楽しい毎日だった。ほとんど奇跡みたいなものだった。

ついにある日、専務が部長の目の前で僕を褒めだした。外回りに出たとたんまるで水を得た魚のようだって。よくがんばるし、若い社員の中では特別だとまで言ってくれた。黙っている部長に、なまいきな僕は質問を投げかけた。

「部長は昨年の売り上げはどのくらいでしたか？」

もちろん自分の成績のほうが部長よりいいのを知っていたからわざとだ。それっきり部長のことが一つも怖くなくなった。おまけに重役が本部長のカバン持ちでモントリオールのＥＸＰＯについて行くようにと僕を指名した。これはご褒美だと思った。そのことをクロちゃんに言うと「俺も行く」と言い出した。実はカナダには友達の広瀬が住んでいる。なんとなく気軽に行ける気がしていた。クロちゃんは先にカナダに行って広瀬の家で待機することになった。

そう、これがカナダに移住するきっかけになった。

本部長のお供でカナダに行った僕は驚いた。モントリオールという街は本当に美しかったし、ケベックに行けば石や木材の家はフランス風でとてもかわいく魅力的な町並みだった。モントリオールＥＸＰＯも斬新であたらしいデザインでこれまた素敵だった。カナダの政治家ピエール・トルドーの時代だった。彼はいつも背広にバラの花をさしていた。彼はイギリスとフランスの間を泳いで渡ったりしたというはなしを聞いた。嘘だか本当だか知らないけど！　カナダのシンボルのような格好いい人だ。そりゃ首相にだってなるに決まってる。彼のガールフレンドは世界でも有名なバーバラ・ストライゼンだった。

僕は有頂天になった。この国は夢のようなところだと思った。時代はヒッピー全盛期ですべてがピースピースだ。みんな道端でも公園でもキスをしていて本当にフランス映画のワンシーンだった。街を歩いているのも美男美女ばかりで髪の毛とひげを伸ばし、美女はみんなNOブラでサイケデリックなTシャツを着ていた。ヒッピー達は感じよく、英語もフランス語も駄目な僕にすごくやさしくしてくれた。忘れられない。ピース、ピース！

モントリオールの公園で、彼らはギターを弾いたり歌を歌ったりしていた。時には公園の池のそばでみんなで裸になっているのも見た。女性の体はすごくきれいで今でも覚えている。当然男性の裸は覚えていないけど……あの頃はきれいな人達に囲まれてどきどきしていた。若いからそれで済んでいた。きれいな人に逢うと疲れると知ったのはわりと最近になってからだな。思うんだけど僕が興奮し過ぎなのでは……。

とにかく僕はいっぺんにカナダのことが好きになった。というよりはモントリオールが好きになり、何しろ単純だからカナダに住もうと決意した。その頃にトロントや他の街のことを知っていたら決断は変わっていたかもしれない。だけど知らないままだったから、日本に帰ったら会社を辞めてクロちゃんが待っているトロントに戻ると決めた。

東京に戻って会社を辞めた。

上役、本部長、部長、課長はそろいもそろって唖然とした。僕の馬鹿さ加減についていけないとひどく怒鳴りつけられた。そういえば親のコネで入れて貰った会社なんだった。だけどそんなことでは落ち込まない僕は自分の行きたい方へ向けるっていうんでどちらかといえば気分が良かったし浮かれていた。もちろん親父からは勘当された。親父は「お前はオレの息子ではない！」とわめいた。好きなようにしろと言われた。母は間に入ってていてどぎまぎしていただろうが、「日本だけが世界じゃないよ、思い切って若い内に外に出て勉強することも大切だよね」と言ってくれた。母は日本人にはめずらしく減点法ではなくポジティブ加算のひとで、いつも僕のことを褒めてくれた。「素晴らしい、何をやっても最高だし才能がある！」

僕はそりゃ大学出ではあるけれどもケインズとアダム・スミスしか覚えていないくらいで、この妙な自信というものは全部母の教育から生まれてきたのだと思うと感謝の気持ちでいっぱいだ。自信が僕のすべての行動の原動力。僕は母という学校で自信と勇気をたっぷり貰った。人に会うとき、仕事を探すとき、いつだって僕は不安な気持ちになったことが無い。人と話すときに自信がなかったら、そんな人のアイデアに誰も心を動かされたりしてくれなかっただろうし、銀行のマネージャーにお金を借りに行くときや、どこかの会社にアイデアを売り込みに行くときはとにかく自信満々で会って話した。当たり前だけど90%は話がまとまらなかったのに、懲りもせずに物事をいつもポジティブに捉え果敢になんでも挑戦できたのは本当に母のおかげだと思う。

こうして僕はカナダに渡った。Nice イカレポンチ！

友達がいるんだ［You've Got A Friend］

トロントに着いてから広瀬の家に向かう。親友クロちゃんは広瀬のアパートに住んでいた。日本に居る頃は銀座のギャラリーに絵を観に行ったり毎日遊んでいた二人だが、全然違う国で再会したときはなんとも言えない不思議な気持ちになった。

クロちゃんとは会社員時代、毎日昼めし時間に会って銀座のギャラリーを見て廻った。素晴らしい絵を見せてやるよって色々なギャラリーに連れて行ってくれたんだ。

クロちゃんは本当にセンスの良いお洒落な人で、日本は今と違ってあの頃は何も洒落たものはなかった。そんな時代にクロちゃんはいつも垢抜けていた。ブルーのブレザーコートなんて僕はそれまで見たことがなかった。ブレザーコートにトレンチコートを着てとても素敵なクロちゃんだ。クロちゃんの趣味は抜群だった。おまけに情熱家でもある。芸術家には情熱を持っている人が沢山いるけど、クロちゃんは体中が情熱で固まっている様な人だ。そもそもとても痩せていて繊細な彼はいつも素敵なことを見つけては興奮していて競走馬がレースに出る前みたいなんだ。

僕が新橋の会社でいじめられる社員生活を送ってる頃、クロちゃんは早川デザイン事務所で働いていた。彼は早川良雄先生を尊敬していて、僕にも先生の作品を見せてくれた。先生の作品の色、品の良さ、デザインには感激したものだ。クロちゃんが働いているスタジオは銀座松屋の裏だった。すごく洒落た所で働いていた。後で聞いた話だと彼はその時はまだデザインの仕事はやっていないで一番下っぱの仕事をしていたらしい。

二人で片っ端からギャラリーをめぐった。デュフィーとかマティス、モジリアニの作品を見た。何回も同じギャラリーに行き勉強させてもらった。もちろんクロちゃんはいつも興奮状態だった。

僕は全然デザイン、イラストレーションは知らなかったが彼からニューヨークで活躍しているプッシュピンスタジオのArtistや色んなひとやことを教えてもらった。クロちゃんは僕に白黒のイラストをくれた。今でも僕のスタジオにはそのイラストが掛かっている。クロちゃんからは絵を見る目、デザイン、イラストレーション、おしゃれ、海に潜り魚をとること等全て教えて貰った。毎日二人で興奮していた。

そういえばその頃に彼の親友永友啓典のことも紹介してもらった。後に彼等はK2というデザイン会社をスタートして成功しトップアーティストにのし上がることになる。

永友啓典は大会社の社長みたいな顔をしていた。耳たぶも大きくて大福の神様、じゃないね、それじゃお餅の神様みたいだ、大福様だっけ。とにかく福ふくしいひとだった。彼は大阪の名門高校から国体にラグビーの選手で出た程の運動選手だった。でも彼はとても静かな人でもあった。いつも大阪弁の小さな声でいいやんかとか何とか言っていたのを覚えている。身体に合わず神経の細かい人できっと羽根の音までも聞こえるような神経の持ち主だ。口で喋らなくても女性のことを好きになったりするとすぐ顔が赤くなったりわかりやすく繊細な人だった。彼も銀座の三越デパートの裏にある日本でも有名なデザイン会社でデザインの仕事をしていた。彼の住んでいる所は新宿の赤ちょうちんのラブホテルの二階だった。

毎日三人でよく遊んだ。クロちゃんは小田急線の世田谷代田。僕は成城学園。毎日毎日会ってお金もないのに飲んでいた。あれはいったいどうしていたのだろう、不思議だ。

その時に僕はNew Yorkのプッシュピンスタジオがどんなに素晴らしいか二人に教えてもらった。のちにプッシュピンスタジオが二人のK2スタジオに来て仲良くなり、なんと所属Artistのシーモア・クワストがK2スタジオの壁に大きくイラストを描くまでになるんだけど、当時はそんな未来なんて知る由もない。

カナダに着いたばかりの僕と、迎えに来てくれたクロちゃんはだから、まだ全然何者でもなかった。ただ、なんだかとにかくワクワクしていた。

クロちゃんが地下鉄でいろんなところに連れていってくれた。僕より少しだけ早くトロントに来ていただけなのにすでに洒落た場所はすべて知っていた。アートギャラリーもなにもかも！

これからどうしよう、ああしようこうしよう絶対こうなるとお互いに夢を話し合った。それは日本に居たときのうわついた夢物語じゃなかった。たぶん僕らは初めて物事を真剣に考えた。ああ、そうだ。大変なつかしい。でも、もうあの頃には戻りたくない。考えすぎて頭がパンクしそうだったよ、あの頃の僕。

クロちゃんはもちろん、そのセンスを活かすことをやりたがっていた。

早速といううんで簡単にスケッチしたものをトロントのマーカムストリートにあるポーロツクギャラリーという所に持っていった。それこそ天才的にセンスがいいもんだからオーナーに気に入られてすぐに個展の話がまとまった。カナダでクロちゃん初の個展だ！

ギャラリーのオーナーはとてもいい人でよく家に泊めてくれたし、夜は中華料理に連れて行ってくれたりもした。でも、僕らには実はお金のことがよくわからなかった。クロちゃんの絵はずいぶん売れたけど、「いつお金もらえますか？」「何枚絵を売りましたか？」と訊けない。僕らはとっても日本人だった。お金のことは訊かないのが日本の常識で、何も言わなくてもお金は封筒に入って渡して貰えるものだった。

そんな風にカナダ生活は幕を開けたのだった。全然ＯＫでも大丈夫でもない始まりだった。今でもクロちゃんに会うと、お互いに話をしなくても通じ合っていて、お互いを信じている。本当の仲良しってそういうことなんだろうし、きっとあの頃の馬鹿なのに気が狂いそうなくらい真剣だった僕らがいたから、そうなれた。もちろん、僕らはきっと普通じゃないと言われるんだろうし、実際にそう言われまくった。

でもさ、だいたい才能のある人はどこか変わっていない？ Artist の場合、芸術大学に行っても、プログラムを終了せずにやめたりするでしょ？ Writer もそんな人が多いかな。クラッシック音楽は学校で勉強しなくてはならないと思うけど、ジャズ音楽は学校で学ぶことはあまりなくて、一人で勉強して、Stage で演奏することが「すべて」だから全然違う。

気を悪くしないでほしいんだけど、僕がずっと不思議に思っていることがいくつかある。

日本では芸術大学で成績の良い人って、みんな学校の音楽の先生や美術学校の先生になっちゃうし、還暦を過ぎても一日一回「私は芸大出です」って言って芸術活動をしない人が多くない？　気のせいか、僕の知ってる範囲だけなんだったらいいんだけど、どっちにしてもそういう人って何をしているのか僕にはよくわからない。言いたくなる時があるんだ。「あなたは自分に嘘をついているのかもしれないよ」って。せっかくそんなに才能があるのに、本当にやりたいこと、ちゃんとやったのかな、やってるのかな。

こんなに僕の人生を語っておいてなんだけど、僕が思うに「過去」なんてものはもう過ぎてしまったんだから誇らしげに語っても意味が無いよね。大事なのは将来と、その将来のための今、Nowだ。将来って、死んだあとじゃないよ。天国も極楽もちょっと違う。僕は神様や仏様が出てくるとちょっと尻込みする。神様を信じてそれで力になるのはとっても素敵だからいいけど、脅されるみたいなのは嫌なんだ。僕は将来にかけて生きている。もうこんな年だけどそう思ってる。将来がなかったら僕は何もしないよ。僕はまだ本気で自分で気に入った絵も描けていないし、好きで始めたJazzもこれからだって思ってるから「今」を過ごしていられる。もちろん、僕はもう随分な年になっちゃって、そう遠くないうちに人生の終わりがくる。友だちもだんだん旅立っていなくなってるんだから、これは切実に見えてる。淋しいし嫌にもなるよ。それでも好きなことを、やりたいことをやるんだ。最後まで。

そういえば、僕の堅物の父の弟である叔父さんは東京大学を出てトロントで牧師をしている人だった。僕がカナダに来て二ヶ月目に会った。あまり僕のことなんか知らないはずなのに「あなたは絵の才能があるから絵描きになりなさい」と言いだした。僕ちょっとムッとして頭にきちゃったんだ。

そもそも僕はその時はまだ旅行者だった。あと一ヶ月しかこの国に居られない。どうにかして残りたいとあがいているときだった。どんな仕事でもいいから、もぐりで働いてでも生きていかねばなんて悲愴な決意もしていた。だってそうしないと大好きなカナダに居られなくなるんだ。僕にとってはそんなの大変なことだ。もう日本には帰れない。せっかく飛び出してきたんだし、そもそも父には勘当されている。帰りようがない。今にして思えば、能天気なイカレポンチの僕なりに精神的な苦痛をたっぷり貯め込んでしまっていた。そんな時、僕のことを全然知らないのに将来や行く先を勝手に決め付けてくる。そんな言葉を信じられるわけがない。

でも今、不思議なことに僕は絵を描いて生きているし、絵を描くことが本当に好きで大切だ。なんてこったい。おじさんごめんなさい。

でも自分で才能があるとは思っていないよ。それは周りが決めることで、僕は絵を心のままに正直に描くことしかできないし、しない。

才能って、ちゃんと見えるんだ。僕の場合は目の前にクロちゃんがいて、K2があった。僕がそうかどうかはともかく、才能のある人達って自分なりの夢を持って、自分の生き方で人生を創り出そうと一生懸命に生きている格好いい人達だってこと、僕はいやってほど知っている。

物を創る人達ってね、一つの枠の中に押し込められると窒息死する人達なんだ。みんな自分だけのスペシャルな人生を考えてる。

でもね。

本当は、物を創る人だけじゃないはずだ。みんな自分だけのスペシャルな人生を創ってるんだから。

実はこの頃、Hairの色を紫だの黄色だのいろんな色に染めている若い人を見ると僕はとってもうれしい。きっと彼らは自分なりに自分の夢を見ていて自分だけのイメージをアピールしているんだろうなって。そうさ、一番大切なことは人生にパッションを持っていることだ。自分の思うままに自分に正直に人生を送ろうよ。人間十人十色違うんだもの。みんな同じでは面白くないよ。

僕は最近、夢とかFeelingとか愛とか心とか、目に見ることが出来ない、この言葉、物でもないこれらで人間って始まっているのではないかと思うようになった。例を挙げると、本当に心から人を愛したら、その愛が現実になって子どもが産まれたりする。もちろん、子どもに限らないよ。これは例だ。たとえばFeelingがなければ愛が生まれないし涙も出ない。子どもは現実で涙も現実。音楽も瞬間に身体の中で鳴っていたものがピアノを通して楽器を通して現実になって出てくるんだよ。こう考えると凄いんだ。僕は現実になる前の夢のようなものがとてもとても大切だと思う。芸術は夢からでた産物なんだ。サイエンティスト、マスマティシャンも芸術家だよ。

なのに、なんだか人間って現実のみを信じる悪い癖があるかもしれない。本当はさ、素晴らしい芸術は現実よりも生き生きしているんだ。夢を見ると体や頭の中に何かが起きて生き生きした動きになって出てくる。みんなもっと大きな夢を見るべきだ。

ゲーテも書いていた。本当に人のことを愛すると、ある時とても傷つくことや終わりがあるって。でも愛を知らないよりは愛を知っている方が良いって。

美しい絵を見たり美しい音楽を聴いたら涙が出る。美しい涙ってあるんだよ。全てが夢のようなものから出来ている。芸術家の生き方は空の雲を手に取れる何かに変えるようなものだ。大変な仕事だよね。人間は感動できるものにタッチすると人生が変わるんだ。いつだって、そういうものを探していたい、本当は、そうじゃなきゃ生きていけないんじゃないかって思うよ。

とっておきの道さ！ [ROUTE 66]

さあ、その夢見がちな僕が辿り着いた街、トロント。

カナダの中では一番大きな都市だ。人口が二五〇万人もいて、五大湖の中で四番目に大きいオンタリオ湖に隣接している。湖をはさんだ向こう側はアメリカのバッファローとローチェスター。みんな知ってるナイアガラの滝はトロントから車で約一時間半の位置にあって、ニューヨーク州は湖を渡ればたったの三〇kmだ。

たとえば日本は東京大阪仙台北海道に九州四国、みたいなイメージだと思うけど、カナダはどうかっていうと、East Coast のバンクーバー、カルガリー、ウイニペッグ、エドモントンを始め北はケベック州、オタワ、モントリオール、ケベック City。West Coast はハリファックス、プリンスエドワード、ニューファウンドランドの主要都市からなっている。バンクーバーは最近では Honcouver と言われるくらいホンコンからの Chinese でいっぱいだ。元々カナダってアメリカ以上に移民の国なんだね。

トロントからバンクーバーは飛行機で六時間も掛かるのに、トロントからヨーロッパも七時間で、なんと一時間しか違わない。カナダは本当に大きな国だ。

さっき移民の国って説明したけど、トロントではどの国の人も見ることができる。ケベック州みたいにフランス語圏で独特な雰囲気がある場所も素敵だけどね。

トロントってカナダでもっともアメリカからの影響が強くてビジネスが盛んな都市でもある。モントリオールは文化を重んじる都市で芸術家がたくさん住んでいるきれいなところ。それぞれ特徴がはっきりしてるけど、たとえば僕らみたいな移民にカナダの何が気に入ってるのって尋ねたとしたらみんな声を揃えて「Freedom」と答えるんじゃないかな。実際僕が一番気に入ってるのもそこで、日本では怒られてばかりだった僕が何かをしようとしても誰も邪魔する人なんて居ない。自由に職も選べるし、自分の発想で新しいビジネスを始められる。特にトロントはマイアミに次いで世界で二番目に他民族が住んでいる都市らしいけど、みんなケンカをせずに仲良く暮らしている。たとえば僕がある日、僕の家の電話が上手く通じないって電話会社に言ってみたら、相手はなんとインド人だった。で、彼は僕の英語のアクセントが聞き取れなくって四苦八苦。結局はカナダの人に代わってもらってなんとかなったことがある。そのくらい普通に移民に遭遇するんだよ。本当に移民の多い街なんだ。
移民が多いのは、国が移民を助けることに力を入れていて、お金が国からたくさん出るからでもある。たとえば思いつくだけでも

・移民のための英語学校があり学費は国が出してくれるから免除
・移民のための College もあってこれも国から資金が出る
・移民の最低賃金労働者へは国からの援助がある
・移民のための仕事の斡旋もしてくれる

なんて風に、すごく大事にしてくれるんだ。もし子どもがいるのに残念ながら配偶者と離婚だとか、もしくは死別したなんて悲しい場合にも国からお金がでる。とても豊かなお金の使い方をする国だなって思うよ。

僕がやってきた当時、カナダドルは一ドル三六五円もして、アメリカドルよりもカナダドルの方が強かった。カナダが世界一の金持ちだったんだ。街も本当にきれいで掃除をする車がそこらじゅう走っていた。トロントは小さなイギリス、ロンドンみたいだった。世界中の人がやってくるところも同じだった。

僕がトロントを好きな理由も、きっとこういうところなんだ。いろんな人種が仲良く暮らしていて人種差別がほとんどない。結婚だって相手の人種なんてちっとも気にしない。

すごく自由でいいところだ。時々思うよ、世界のあちこちで、肌の色の違いだけで人々が何百年、何千年と戦って殺しあっているなんてこと、すっごく馬鹿らしいよなって。みんなトロントのように素晴らしい場所があることを知らないのかな。もともとトロントってネイティブがつけたMeeting Placeという意味の場所なんだ。最高でしょ？

だからこそ、これから世界に出ようって思ってる人たちにお願いしたいなと思う。どんな国に行く時でも、自分の行動にプライドを持って素敵な旅にしてって。どんなに個人の問題だっていっても、やっぱりある意味では旅人が日本を代表する日本の大使なんだ。僕がカナダで差別もされずに親切にしてもらえるのは、ずっと昔カナダにやって来た日本人が素敵な人たちだったからでしょう。

もちろん、カナダだって何もかも先進的じゃないよ。トロントから車で約一、二時間くらい郊外に出ると途端に移民の数も少なくなる。こうなるとどうなるかっていうと、Policeはほとんど白人だし、誰もが自分と違った人種を見るとちょっと距離を置いて値踏みするみたいな顔をする。もちろん、とてもきれいな田舎なんだけどね。

ようするにカナダだってどこだって、世界のどこにも旅行しないで他の人達の生活を見ないで小さな町にだけ住んでいると視野がとても狭くなっちゃうんだな。だって見たことないものはよくわからないから怖いもんね。そういうこと、これからきっととても大事になる。世界は広いけど、どんどん狭くなっていくに決まってるから。

随分脱線しちゃったな、カナダが世界一お金持ちだったちょうどその頃、僕はテニスクラブで働いていて、それがカナダでの最初のまともな仕事だった。クロちゃんとは大違いだ！　そのテニスクラブで働くようになった経緯がこれまた面白いっていうか、人との出会いでなんでもなんとかした僕らしい経緯なんだった。

あれっていつ頃だったかな。カナダに来て丁度二ヶ月目かもしれない。

そう、牧師の叔父さんに好き勝手言われて頭に来てた頃だ。僕は今のトロントでAvenue Road って呼ばれている道を歩いていた。ちょうどそのとき、Victoria College の中にある Victoria Tennis Club からテニスボールが飛んできたんだ。それを拾って「こっちに飛んできた！」と大声で伝えると、サンキューと言ってカナダ人の青年がボールを取りにきた。彼の名前はポール・ウインター。それが僕のカナダ人の最初の友達との出会いだった。

彼は僕からボールを受け取り、自己紹介をして、クラブの対抗戦に備えて練習をしていたところだって教えてくれた。僕はポールにテニスが出来ることを伝えて、僕もやりたいんだけどと云ってみた。ＯＫだった。

彼と僕は今でも友人で、これは素晴らしい出会いになった。彼はとても強いテニスプレイヤーだった。彼は僕に Victoria Tennis Club に入るように薦めた。おっかなびっくり訊いてみたら、とても安いクラブで僕にはぴったりだった。すぐにクラブのメンバーになった。当時で $30 くらいのメンバーシップだったと思う。イギリス式のクラブだから、日曜日には Afternoon Tea が出た。その合図に表の門にある素敵な教会から決まった時間にベルが鳴るのが聞こえるんだ。クラブに通うことがとても楽しかった。ポールはいつも僕や彼の友達をテニスの後で家に招待してくれたし、なんと絵を描いているのも見せてくれた。

クラブには世界のあちこちの人が参加していたから、世界中の人たちでいっぱいの日曜日の Afternoon Tea は最高に素敵だった。もちろん僕はそこで出会った女性としばしばデートした。英語なんて出来るわけもない。僕の台詞は「Let' s go coffee」だけだ。考えられない、よく頑張ったなぁ。Coffee の発音もカーフィーじゃなくてコーヒーって日本のアクセントだったんだよカッコ悪いね。でも誰にも馬鹿にされたりしなかった。日曜日がいつも楽しみで待ちきれなかった。あの頃はとてもロマンティックな時を過ごせてたんだなあ。カナダ Life の幕開けにはぴったりだったよ。最高だ。

結局、この遊びで始まったテニスがプロとしての活動に変わることになった。カナダではとても高級なクラブ Donald Club に友達を通して紹介してもらって、カナダのテニス界で最も尊敬されているプレイヤーの一人、Peter Dimmer という素晴らしい人に会うことが出来たんだけど、なんと彼が僕のことを助けてくれたんだ。

　彼は本物のイギリス紳士だった。

　この頃のカナダってまだイギリスの植民地だったんだよ。だから映画なんか見に行くとエンドロールのときに全員起立でイギリスの国歌を聞かきゃならない。今じゃ考えられないよね。映画館の画面にはイギリスの国旗が浮き上がって Queen の顔が映画を見るたびに出てくるんだ。映画と同じくらい女王を観てたんじゃない？

　そんな時代だったから、イギリス人の人柄みたいなのも何種類かのパターンがあって、自分は特別にたいしたことないのにイギリス人だと言って傲慢で嫌な奴もたくさんいた。もちろん、ピーターは違った。自然体で格好はつけないけどプライドがあって親切で、すごく国際的な広い視野を持っている。それでいていつもユーモアを持って人と付き合っている、そういう本物のイギリス紳士。

　ピーターはみんなから好かれていた。カナダのテニス協会から Tennis Hall of Fame という賞をもらった程の人だった。彼は僕のカナダでのスタートに大変な援助をしてくれた。彼の娘は当時はまだ子どもで、僕らはとても仲良くなった。今でも彼女は僕の仲良しの友だちの一人だ。ピーターはもう亡くなってしまったけれど、彼の家族がまだ僕の友達でいてくれている。このピーターの娘 Diana は五一歳の時にカナダのシニアダブルスで優勝した。すごいテニス選手なんだ。時々彼女と試合をするけど僕は未だに一度も勝ったことがない。なんだか僕のテニス人生ってこんなのばっかりだね！

とにかく僕はピーター・ディマーに Donald Club での面接を受けるように紹介してもらえたんだ。何が良かったのかわからないけど、僕は Club のプロになった。

これってすごいことだったんだよ。まともな仕事に初めてついたんだ。それまでの一年間なんて本当に大変でひどい目にあっていた。カナダに居続けたい一心でがんばったけど、よくくじけなかったと思う。ガソリンスタンド、ガラス拭き、清掃そして草刈。草刈なんて簡単に見えるかもしれないけど、ボスが草刈して僕は土を運んだり Edge を綺麗にする役割だったから、ちっとも簡単じゃない。とにかく雑草を引き抜くのも大変だったし、おまけに一日に二〇軒もの家の庭の面倒をみなくちゃならないんだよ。仕事が終わった頃にはクタクタ。もう思い出すだけでうんざりするよ。

そういえば、Donald Club の面接の時のこと。食事のときに僕はピンと来た。どうやら僕のマナーを調べているんだなと鼻で感じた。由緒正しい歴史を持つクラブだから、テニスの技術と共に Chair man との食事のときのテーブルマナーも採用される一つの要因なのに違いなかった。Chair man もまた最高な English Gentleman だった。

ともかく僕にとっては、Donald Clubでの仕事がカナダでの最初の正式な仕事となった。ビザも下りた。ビザのタイトルはPhysical instructorだ。僕は彼らEnglish Gentlemanにスタートラインに乗せてもらったんだ。

ここでテニスを教えているうちにたくさんの生徒に出会ったたし、みんなとても仲良くなった。テニスのExhibition Muchも何回かやった。相手はカナダのデビスカップConFontanaとPeter Dimmer。対する僕のパートナーはLaurie Strongで、彼はウィンブルドンに出場したこともあるBritish Playerだ。凄いよね、そんなところに僕が混じってるんだから！　毎日すごく楽しかったたし、おまけにこの仕事では考えられない程のお金をもらえたよ。だけどさ、僕のテニスの才能は「まあまあ」だって言っただろ。こんなの続くのかなって、次は何をしたらこの大好きなカナダにい続けられるかなっていつも考えてた。

「夢」が見えている［NICA'S DREAM］

僕の住んでいたところはYorkville。とても芸術的な場所でヒッピーアーティストになりたい人が集まっている場所だった。だから実はDown Townの真ん中にもかかわらず家賃や土地が安い地域だった。おもしろいことに今ではトロントで一番高額な土地になってるけどね。店も有名なブランド店ばっかり。東京で云えば六本木みたいなところ。まあ、僕が住んでいた頃はそんなわけはなくて、隣にはバーニーというユダヤ人のヒッピーが住んでいた。とてもいい人で僕の面倒をよく見てくれた。毎日二人でコーヒーを飲みに行ったし、フォークソングのクラブにも行った。彼の夢はレコード会社を作って良いレコードを作ること。一緒に夢を見ながら夢のような毎日だったよ。昼間は金持ちのテニスクラブで働いて、夜はヒッピーの友達と過ごすんだ。

バーニーの夢を聞いて僕も考えた。いつまでもテニスでやっていけるとは思えない。カナダの冬がとても長いことも知った。テニスの仕事は楽しくお金も儲かるけど、オフシーズンの分まで稼ぐにはかなり苦労する。何しろ僕はそこまでのプレイヤーではないからね。どう考えても将来には結びつかないと思った。急に真面目になって将来のことを考え出すとこの仕事は辞めなくてはならない。なんてこった、またもやクロちゃんと繰り返したあの真剣な問答の再来だ！　何をしたいのか死ぬほど考えた。今まではいつも誰かの世話になってなんとかなった僕の人生だけど、今回はビザもあるしこれから本当に好きな仕事を見つけるべきだった。僕は何が好きなんだ？

子どもの頃から続いたことって何があるかなって考えた。そうだ、僕は絵だけは好きだった。親友のクロちゃん、長友ケイスケの影響もすごく強かったに違いない。僕はGraphic Designerになれないものだろうか。それもTV会社のデザイナーだ。どうだろう、無理かな？

クロちゃんも長友も日本で成功し始めていた。長友が日宣美というArt Competitorで日宣美賞をもらった頃の話だ。すごいことだった。彼らに追いつきたかった。もちろん、僕は学校でDesignの勉強なんて一切していない。ただクロちゃんにいいものを見せてもらったことだけしかない。プッシュピンスタジオの作品、イタリーのダネーゼとかリナシェンテなんてデパートメントのDesign、それに世界の名画。それだけだ。彼が抜群のセンスを持っていたから、僕はいいものを見たんだって確信だけはあった。それで僕にもDesignが出来るものだろうか？

出来るんじゃないかな、と思った。例によって何だかわからないけど自信だけはあった。僕はGraphic Designerになると勝手に決めた。

さあどうしよう、先ずトップのDesigner、カナダで一番のDesignerに会ってもらうってのはどう？　僕は日本でセールスの勉強、トレーニングを受けてたし、実際トップセールスを叩き出していた。会ってもらったら何とかなる気がした。僕を売り込むんだ。実績も何もないけど、とにかくやってみてから考えよう。

無茶苦茶な話だけど、僕は自信満々だった。無知って怖いけど凄いんだな。誰もデザイナーなんて知らないから、Ontario Art College の受付に行って有名なデザイナーの名前を教えてもらった。アラン・フレミングとセオ・ディムソン。

ちなみにアラン・フレミングはカナディアン・ナショナル鉄道のロゴを作成した人だし、セオ・ディムソンも世界のトップ・グラフィックデザイナー六八人とかに選ばれるような人だ。だけど、どんな凄い人なのか一つも知らないんだから、僕はへっちゃらだった。

先ず最初に会ったのはセオ・ディムソン。彼は St.Claire と Avenue Rd. の角にあるビルディングのペイント House に Studio を持っていた。僕はアポイントメントを取って白いシャツに Club Tie とブレザーコート、グレーのフラノパンツと自分の数少ない洋服のコレクションから Brooks Brothers でベストを尽くして選び抜いた格好で訪問した。……今から考えるとこのスタイルじゃまるで生命保険のセールスマンだけど。

僕が彼に見せることのできる作品はもちろん少ない。でもありったけの小さいスケッチを持っていくことにした。何しろ絵が好きだったから、当たり前みたいにスケッチはしてたんだ。それにしても、デザイナーには何を見せれば良いんだろう? Graphic Designer に見せればいい作品……Typographic なものかな、それともポスターとか?

秘書が少し待ってくださいと云うので僕は待った。でも、どうやらクライアントか何かに間違われている気がする。秘書はコーヒーを持ってきてくれたり親切にしてくれたけど僕は落ち着かなかった。スタジオと待合室の間は大きな曇りガラスで、中でデザイナー達が働いている影が見える。きっとクライアントへのプレゼンテーションの一部だろう。僕は勝手に「Lawyer と同じでみんなも相当カモられるんだろうな」なんて想像した。

そう、カナダに来て学んだことの一つだけど、ここで生きていくのにとても大切なことの一つが、良い Lawyer を知っていなければならないってことだ。ええと、つまり弁護士のこと。

カナダでは Lawyer は仕事をする上でどうしても必要なんだ。多分、アメリカもヨーロッパも似たようなものだと思う。とにかく重要な場面では必ず Lawyer が出てくる。つまり会社を作る時、事故をした時、不動産に結婚、Licence、Passport に Immigration、Lcan そして死ぬ時！　一ヶ月の家計簿の中に Lawyer 費を入れてもいいくらいだ。

ちなみにこの国では Good Morning と Lawyer に言えば $150、二回 Good Morning と言えば $300 という Joke があるくらいだ。だから Lawyer は問題が長引くと困ったような難しい顔をするけど、実は喜んでいるなんて Case もある。問題が長引くといっぱいお金が稼げるからね。法廷に行って仮に勝ったとしても長引いた場合 Lawyer の手数料の支払いのほうが高くなるなんて日常茶飯事だ。正直、一般の人はなるべくLawyerにはTouchしたくないんじゃないかな。おまけに法律違反ぎりぎりの線まで持っていく悪いLawyerもたくさんいるし。もちろんすばらしいLawyeも居て困っている人達を心から助けようと全力を尽くすことだってあるよ。まあとにかくこの国に生きる以上はLawyerはどうしたって必要なんだ。

僕はたまにCorporationの世界だけに生きているLawyerを友人に紹介する時にへたくそなアクセントで「僕のProfessional Liar《うそつき》を紹介します」なんて冗談を言う。たいがいLawyerは驚いて僕の顔を見る。もちろん僕はそのときのLawyerの顔を見るのを楽しみにしている。みんなの前でプロの嘘つきなんて言われるのは、優秀な彼らにはきっとびっくりするような初めての経験だからね。だけどさ、冗談抜きで実際に犯罪を犯した人がLawyerを通してテレビのTalk Showに出たり、殺人犯がLawyerを通して本を出した上に映画化されるなんてことが起こるんだから僕には信じられないよ。ま、あんまりLawyerのことを言ってると、訴えられちゃうからこのくらいにしておくけど。

そんなどうでもいい空想に耽って待つこと十分。ようやくセオ・ディムソンが僕に会いに来た。茶色のコーデュロイのジャケットにピンクのシャツ、彼の髪の毛は長ーいブロンドで、とてもハンサムで感じが良かった。彼は僕に何をしに来たのかと言う。僕はびっくりした。電話で秘書に話しておいたはずだったんだけど、きっと僕の英語が通じなかったんだ。

そう、英語。英語ができないことは大変なマイナスなんだ。英語圏の人は英語の喋れない僕を、ちょっと程度が低くて教育は余り受けてないんだな、って風に扱う。人から雑に扱われるって結構辛い。立派な洋服を着て何もしゃべらなければバレないからOKだけど、それもそれで辛い。なんだか白人の多い国で有色人種がお洒落をしてキャディラックに乗る気持ちがちょっとわかる。とにかくくやしいことがたくさん起こるんだよ。英語の発音が悪いせいでオーストラリアをオーストリアに間違えられるし、晴れて僕がTV会社のアートディレクターになった後も、会社の名前がGlobal-TVで僕のポジションはArt directorだと言っても誰もわかってくれないなんてことが普通に起きた。GlobalのGloがGroになっちゃうらしい。Art DirectorのArtもわかってもらえない挙句、Art paintingをやっていると言ったら「ああ、そうかペンキ屋か!」違うよペンキ屋じゃないよと言う暇もなく、「家のペンキが必要だ、いくらでやってくれる」なんて聞かれる始末。残念だ本当にくやしい。

でもね、英語がわからないことで得たすばらしい能力もあるんだ。とっても鼻が利くようになるんだよ。人のことがすごくよく見えるようになった。ほら、Rescueのときに活躍する犬がいるだろ。あの犬をみると「オレみたいだ」と思う。犬の鼻みたいに人のことを勘ぐる力が備わっちゃったんだな。外からは僕のことは見えないだろうけど、僕からはよく見えるんだ。その人が何を考えているかなんて本当によくわかる。英語が出来ないことにサンキューだね。相手がいい奴か悪い奴か、心のある人かない人かすぐわかる。

そういえば初めて英語のTVニュースを聞いたとき、アナウンサーの英語が早すぎて何も分からないどころか一つの単語も聞き取れなかった。だけど不思議と三ヶ月くらいですこしずつ聞こえ始めた。驚きだ。英語はなにかの拍子で急に単語ではなくでフレーズや文章単位でつかめるようになるんだよ。不思議！　要するに単語を聞こうとすると早すぎて聞き損ねて何を言っているのかさっぱりわからないことになってしまうけど、単語がわからなくてもフレーズ、フレーズで聞いていくと漠然とストーリーがわかってくるんだね。それはなんだか音楽に似ていると思う。音楽もメロディーが大切でしょ、音符や楽譜じゃない。驚いたことに、この調子で本や新聞も感じでわかるようになった。

そうやって困らなくはなったんだけど、どうやっても発音は上達しないし通じないことなんて今でも起きる。英語、出来なくてサンキューだったけど、出来るにこしたことはないよね。つくづく、学生時代にもうちょっと真面目にやっておけば良かったよ。

ともあれ、僕はこの偉大なデザイナーに Graphic Designer になりたいんだって伝えた。

彼は僕をStudioに入れてくれて、僕の作品を見てくれた。彼は笑っていた。彼は僕の作品を嫌いじゃなかったと思う。だけど僕は本当のアマチュアだった。彼は二、三の学校の名前をここに行きなさいと教えてくれた。Good Luckでそれでおしまいだった。

学校に行けといわれても、僕にそんな気は毛頭なかった。Artistで成功した人で学校に行った人はあまり見ない。Lawyerになるには、Dr.になるには、Engineerになるにはそりゃ学校が必要だけど、Artistは別な世界だと思っていた。学校を一番で出た人は学校の先生になったりしている。僕は学校の先生になりたくないし学校に行く費用もない。そんなわけで、僕はこの素敵な助言を綺麗に無視することになった。まさか後に彼と同じ本に作品が載るとはそのころは想像もつかなかったけど、多分結果オーライってやつだろう。カナダ一〇〇年ポスター年鑑って本には彼も僕も載っている。もちろん彼に会った日からは数年後の話だけどね。

懲りない僕は、次にCNのロゴをDesignしたアラン・フレミングに会ってもらおうと彼とのアポイントメントを取った。彼はその時U of T PressというPublisherのArt DepartmentのHeadで、快く会ってくれる約束をしてくれた。僕は再び同じ洋服を着てパンツも自分でプレスして、すごく張り切って彼と会うことになった。

アポイントまで一週間あった。僕は小さな子どもの絵を描き、更に三〇cm×四〇cmの紙にアパートメントからみたトロントの景色を描いた。実は今でもこの絵を持っている。どうしても捨てられないんだ。ひどい絵だけど絵から気持ちが伝わってくるんだよ。もちろん描いた時は自分で良いと思っていた。Girlfriend もそういうことが多いね(いいと思ったが後で考えると最悪!)。

さて彼の Studio のオフィスをノックすると彼は本当にやさしい顔で僕を迎えてくれた。ゾウの目みたいな穏やかで聡明なまなざしだった。彼は背が高く細かった。僕の作品を見てくれた。笑って「すごく楽しいよ」だとか、「色がとてもきれいだ」なんて感想をくれた。この絵に Type を載せれば子どもの本になるよだとか助言もしてくれた。僕は確信した。彼は僕の絵を好きなんだ!

うれしくて興奮して、うちに帰るとさっそく絵の上に Type を入れたものを何枚か描いた。そうして3日後にまたアポイント無しで押し掛けた。僕は日本で、一度会った人との関係を深くすることとは暇があればちょっとお邪魔する、同時にだんだん人間関係を創るってことだと学んだから、もちろんそれを実践したわけだ。だけどカナダは日本とは違う。お邪魔するということは良くないことでアポイントメントが常識だ。僕はカナダでの常識を全然知らないまま、とにかく訪問した。なのに彼は怒りもせずに部屋の中に入れてくれた。新しい作品を見せるとニコニコして「とてもかわいらしい。アニメーションにいいかも」だとか、「色が華やかできれいだ」だとか、更には「Type Face はこれではなくて、こんな Type はどう?」と他のタイプを見せてくれたりもした。僕は舞い上がった。「紙がフラットになっていない。Graphic Design はとにかくきれいにきれいにしなくてはだめなんだよ」

彼は親切にそう教えてくれた。

「紙にごみがついている。消しゴムのマークもついている。これは直しなさい」

当然の助言だった。僕が頷くと、彼は「もう来なくても良い、がんばりなさい」と言った。

可哀相に彼は忙しい人だ。僕みたいな素人が彼の時間を取ってしまっているなんてとんでもないことだった。本当にごめんなさいだ。僕は彼とシェイクハンドをして Good Luck とそこを出た。僕は決心していた。もう一度だけ会ってもらおう。そして作品を彼のいうとおり完全にして見てもらおう。そうして彼とはもう会わない。勝手なもんだ。

僕はきれいな紙に、一切曲がっていないフラット状態で絵を Finish して電話をし、もう一度会ってください、五分だけでもう二度と戻らないからとお願いした。彼は明日朝の九時に来るようにと言ってくれた。翌日、作品を持って彼と会った。彼は例のやさしい顔で迎えてくれて、作品を誉めてくれた。アニメーションの色を塗るセクションに向いているかもしれないと、推薦状を書いてあげるよと言ってくれた。びっくりだ。奇跡だった。

彼はもうここには来なくていいよと僕に手紙を持たせてくれた。C.F.T.O.-TV というTV局の Art Department-Art Director ロフル・ゲイダというドイツ人がアポイントを受けてくれた。この手紙《Recommendation》はものすごい効き目だった。僕は何もいわれずに採用された。会社は三ヶ月後には正式な社員になることも約束してくれた。びっくりの連続だ！

アラン・フレミングはすごい人だということを改めて思い知らされた。なんて人に無茶をしたんだろう。だけどこれで万事うまくいく。急いで日本のクロちゃんと長友に電話をした。その夜は眠れなかった。僕は夢のグラフィックデザイナーになったのだ。信じられない！

隣人のユダヤ人ヒッピー、バーニーの夢を聞いた実に二年後だった。

僕はTV会社でデザイナーのアシスタントになった。Wayne Lum という中国系カナダ人二世の artist に出会った。彼は東洋人が Art Department に入ってきて驚いた様子だった。不思議なもので言葉でしゃべらなくても肌の色が同じというだけで何か通じるものがある。彼は僕が全くデザインの仕事が出来ないことをすぐに見抜いて毎日色々なことを教えてくれた。僕は彼の家に毎晩勉強しに行った。彼はいつも友達と家で葉っぱを楽しんでいた。葉っぱって何かって？　ある種のハーブの隠語だよ。ん？　とんでもない？　まあね、でもそういう時代だったんだ。僕はその横で彼からデザインの宿題をもらい毎日勉強した。彼のやる仕事は一流のFinishで完璧だった。

その後、僕の名前が時々TVのエンドロールに出てくるのを、バーニーは目ざとく見つけてくれた。それは突然の電話だった。「San! Bameyだよ。俺レコードの会社を作ったんだ。お前にBruce Cockburnのレコードをデザインしてもらおうと思っているんだよ。久々に会おうぜ！」

バーニーも夢を叶えたんだ！　僕はレコードのデザインを引き受けた。そのレコードがベストセラーになり二人で大喜びした。Bruce Cockburnは今やカナダのNo.1シンガーだ。バーニーの作ったレコード会社True Northもカナダの大成功したレコード会社の一つになっている。今、彼はリタイヤして田舎暮らしをしていて、僕の絵を買って集めているらしい。僕はそんなこと全然知らなくて、ギャラリーの人から聞いた。本当にうれしいことだ。偶然に会った人とこんなつながりができるとは想像も出来なかった。僕の人生は全てが偶然から始まっている。そうして人生が続いているんだ。夢に続く道は、いつだって出会いからなんだな。

こうして僕の人生は、超一流に囲まれる超三流、三流を超えた〝サン〟流になっていくんだ。

僕と踊ろう【CHEEK TO CHEEK】

カナダに移民で来た頃は本当に色んな人種の人達に助けてもらった。英語が話せなければ誰も見向きもしてくれない。そんな時にいつもニコニコして仕事をくれるのはユダヤの人が多かった。そういえばバーニーもユダヤ人だし、僕は随分といつも彼らに助けられた。助けてもらった時に、ユダヤ人が気持ちがいいなって思うのは、彼らは「君たちが働くことによって自分たちはとっても助かるんだよ」と言ってくれること。上手くバランスをとって一方通行ではない関係を作ってくれるんだ。時によっては彼らの家に招待してくれたりもする。僕が知る限り、他の人種では余りそういうことは起きない。フランスではいくら友達になっても家に招待してもらう迄に五年はかかってしまう。

カナダでは倒産した会社を安く買って立て直し、大成功するなんてケースがたくさんあるけど、実はこういうとき、成功した持ち主はユダヤの人が多い。彼らはその仕事をゼロからスタートするわけで、雇われる人や倒産した会社の持ち主にお金が回り、動きが止まっていたところを再始動する役割を果たしている。普通だったら倒産した会社なんかめったに買うものじゃないよね。金持ちはみんな、友達とゴルフをしたり、テニスをしたり、旅行に行ったりしてゼロの会社からプラスに立て直すなんてIdeaは持っていないんじゃないかな。だけどユダヤの人はそういうことをやっちゃうんだ。

僕もその恩恵を何度か受けた。最初のArt Directorの仕事をもらったとき、家を買ったとき、仕事で問題が起きたとき、全ての面でユダヤ人に助けられた。

ユダヤ人はとても頭が良いと世界中で云われている人種だ。世界にたったの0.2%しかいなくてとても少ない。アメリカの中でも2%。だけど実にこの2%がアメリカの高額収入を取る人の殆どなんだって。ハリウッドの映画関係も銀行も各メディア、不動産、その他全ての面で活躍しているから凄い。

僕が彼らを尊敬するのは、男の子なら十三歳、女の子は十二歳になったときにバミツバって儀式をやること。彼らは自分の意見や自分の将来の生き方などを人の前で発表するんだ。時によっては何百人の前ですることもある。すごいことだ。

ユダヤ教徒の聖典、タルムードの中にも僕の好きな言葉がある。"Extend Your Knowledge" 知識を広げる。本当にそうだ。人生なんてこれに尽きるよ。

例えば僕は絵を描くことが何よりも好きだ。これは僕だけの世界。僕の頭の中と手と偶然が絵を創り上げる。いくら絵を描いていても上手く行かない時は、究極いつ描くのをやめるか、あるいはいつ偶然が起こるかによって絵は完成するんだよね。これは一生懸命に好きなことをやればどんどん色々なアイデアが出てくる正にExtension of Your Knowledgeだ。

で、今度は一人で描いた絵を売らなきゃならない。色々考える。ギャラリーを通して人と接して売る、展覧会、どんどんアイデアが膨らみ一つの絵が外国に行ったり本になったり、買ってくれた人と付き合いが始まったりする。正に自分の知識をいくらでも大きく伸ばせるんだよ。潰れた会社を買い、人を雇ってRecreationして成功するということもそうだ。僕はこれをユダヤ人に教えてもらった。

彼らは本というもの、知識というものを大切にしている。

「どうしてヴァイオリンを弾くのがあんなに上手いんだろう?」

不思議に思って僕がそう言ったら、友達のピアニストが「そうじゃない、彼等は泣くことが上手いからだ」と教えてくれた。とっても素敵だ。

バーニーに出会えたことも、彼がヒッピーだったことも、僕がユダヤの人たちを好きになる理由の一つだったに違いない。

そういえば、渋谷の道玄坂を歩いていて、昔の古いグリコの広告塔を見たことがある。何年前のことだったか覚えていないけど、あの時僕は日本に遊びに帰ってきていて、North Americaはヒッピーの天国みたいな時代だった。グリコの広告を見たとき僕はグリコの代わりに〝葉っぱで一服〟のことを考えていた。一粒で強くなるんじゃなくて、一服でどうなるか。もし日本のサラリーマンが一服でも吸ったら日本中が狂ってしまうんだろうなあって。

一服の葉っぱはきっと何の為に働くのかだとか、何の為に生きているのかなんていつもは忘れている素朴な疑問を頭に差し込んでくるんだよ。一時休憩を取るみたいにちょっと考える時間をくれるんだ。

七〇年代にカナダの友達のパーティーに行けば必ず一服吸わされた。形だけつけていて全然吸わないのが僕のスタイルだった。みんな一服づつ回し飲みをするのでただわかったふりをしてごまかしていた。

勿論葉っぱの物にもよると思うんだけど、僕の場合はめったに爆弾が落ちるような経験はなかった。一度だけすごい体験をしたのは、キャシーの知人がキッチンのキャビネットをくれるっていうんで、トラックを持っている友だちに頼んで一緒にトロントから一時間くらいの場所リンジーへ向かった時のこと。彼が「サン、葉っぱのとってもいい奴を持っているけどやってみるか？」と言い出した。ＯＫと僕は例のスタイルで一服吸っている振りをするつもりで「たまには良いよね」なんて彼にいった。

ところが、だ。これがとんでもなく効いて、僕には乗っていたトラックの反対車線の車がまるでタイガーになって僕に襲い掛かってくるんじゃないかみたいに見え始めた。僕が僕自身をコントロールするのを吸った煙が切り離そう切り離そうとしてくるんだ。コントロールを失うのはとても恐い。初めて自分で気づいた。僕は普段こんなに自分自身をコントロールしているのかって。もう感覚はめちゃめちゃだ。自分の体が空に向かって浮上していくみたいだ。だからヒッピーのポスターはいつも宇宙のポスターが多いのかなんて変な納得をした。

友だちは僕の変化を感じて気を使ってくれている。彼は僕が実は完全な素人だったのかと思ったに違いない。休憩してコーヒーを飲もうと言い出した。コーヒーショップで、僕はミルクを入れようとしているのにテーブルの上にミルクを流す始末だ。僕は恐ろしくなった。自分が自分じゃないみたいって怖いんだよ！

現場に着いてキャビネットを運ぶ時も、僕はあっちこっちキャビネットをかかえてよろよろしていた。知人のジムは当時七〇歳くらいの人で「若いのにどうした？」と呆れていた。僕は葉っぱがすごいものだということを思い知らされた。

葉っぱは日本でまじめに仕事をやり過ぎる人には多少はいい薬になるのかもしれない。きっと人生仕事だけじゃないって考えさせてくれるよ。

幸い、僕は日本でまじめに仕事をやりすぎるような人生は送らずに済んだから、自分で勝手に人生について時々考えた。

本当にやりたいこと。時々見直さないと結構間違った方向に行っちゃうんだよね。そんなわけで、僕が次に本気出して自分のやりたいことを考えたのは四一歳の時だ。

当時はテレビ会社で死ぬほど働いてた。全ての面で順調で、スタジオに行くのを毎日楽しみにしていた頃だ。僕はすでにArt Directorになっていた。

実はキャシーに出会ったのも、テレビ会社だった。キャシーは僕らのところに働きたいと面接に来たんだ。とってもとってもチャーミングで綺麗な人だった。当たり前みたいに僕は一目惚れして、いつものように一生懸命デートに誘った。キャシーも芸術家タイプで、彼女には才能があった。僕がぞっこんになるのも当たり前だろ?

トロントのCabbage Townというところに家を構えてWeekendには田舎の別荘に行くような生活をしていた。田舎に行くと先ずは草刈。その後は小川に足をつけて最後に家族でバーベキュー。すっごく素敵でしょ? まあ今考えるとぞっとするほど草刈は大変だったんだよね。土地がとても広いせいで二日がかりの仕事になっちゃうんだ。カナダに来たばかりの頃に草刈の仕事をしていて辛くて大変だと思ってたけど、自分の家の草刈とは違って仕事でやるのは用具がそろっていたから断然楽だったんだなぁ。カナダの生活ってさ、三つに分けられるんだよ。一に草刈、二に雪かき、そして三にバーベキュー。全然おもしろくないよね。

それでもあの頃は満足していた。カナダという国は冬からいきなり夏になる。春と秋がない。だけど夏が本当にすばらしいんだ。口で説明するのは難しい。真っ青な空、街の中もたくさんの緑に囲まれていて、女性も夏になると急に美人になる。まるでタヌキか何かが冬眠から覚めたみたい。タヌキって冬眠しないんだっけ。でもだってさ、女性は冬になると大きなオーバーコートに長靴で、何処に行ってもみんな同じ格好をしているんだよ、まるで太ったタヌキみたいなんだ。外もグレーで空もグレー。一ヶ月もすると嫌になる。だけど夏はこんなにすばらしいところが他にあるかなというくらい良いんだ。活気に満ち溢れていて外で音楽を聴いたりテニスをしたり、もう最高だ。夜も十時くらいまで明るいから会社の後でいろいろなところに遊びに行く。カナダって湖が多いんだ。カナダに住んでいる人の三人に一人の割合の数の湖があるんだって。うそか本当かは知らないけど、そこらじゅう湖だらけなのは間違いない。

そんな生活、そうそう出来るもんじゃないから、それで満足しようと思ったらきっと出来たんだと思う。実際、不満があったわけじゃないんだ。

だけどやっぱり僕は僕なんだった。

僕はいつもらくがきで絵を描いていた。子どもの頃から良い絵をたくさん見てきたから、いつか自分も子どもの本のイラストをやりたいなんて思っていたのに、なかなか自分の時間が無いままだったから、せめてらくがきを貯めておいたんだ。

ある日、N.Y. のエージェントを通して、らくがきをまとめたものを Simon & Shouster に紹介してもらった。なんと彼らに気に入られて二冊の子どもの本のイラストを頼まれることになった。五%の Royalty だ。計算するとこれが結構良いお金になる。例によって僕は舞い上がった。すぐに頭の中で成功したときの夢を見て有頂天になった。人生の中で何度かうれしいことがあったけど、あの時も本当に何もかも忘れて喜んだなあ。

僕は決意した。テレビ局を辞めてイラストレーターになろう。

マジかよこいつ、って思うでしょう。だけどさ、僕の人生だし、僕は自分のやりたいことをやるために生きてるんだよ。

それでも辞める辞めないと何度も何度も考えた。いままで上手く生きてきたじゃないか絶対大丈夫だよ！　なんとかなるよと自分に言い聞かせたりもした。伴侶のキャシーに伝えたら、あなたはいつもあなた式で私の意見は聞かないし、あなたの人生だから好きなようにやりなさい、だって。

僕は死ぬほど考えた。イラストレーター。これは一人で出来る仕事だ。TV Graphic Designer はとても楽しい仕事だけど、一つの仕事が終わればサンキューもなしに次の仕事だ。同時に一人の仕事ではなくプロデューサー、Director、いろいろな人と一緒の共同作業でもある。おまけにポリティクスがあり競争が激しく、いつも戦わなければならない。もちろん給料はいいけど、実は歳を取るとこの国ではみんな雑にあつかわれることを僕は知った。

年寄りの多くのArt Directorはポニーテールにレザーのジャンパーなんか着て首には派手なスカーフなんて巻いちゃって新しいものを創るArtistのふりをしているけど、実際のArtworkはどうしても古臭い時代遅れのものになる。いっそもっと自然に無理しないであなたのスタイルで行けと僕なんか言いたくなっちゃうんだけど、なんだかそういう人がたくさんいる。デザインというものは流行に関係するものだ。体に自然に入ってくるもので構築できなくなったらやめた方がいいと思う。第一、体に悪いよ。デザインは歳や技術に関係ない感覚の世界で音楽に似ている。若い服装でごまかすことはできないんだ。

よし。

僕は五、六冊やればいいじゃないかと自分に言い聞かせて仕事を思い切って辞めてしまった。僕は僕の為に踊り続けることを選んだんだ。

どこか日陰で休みたいぜ［WORK SONG］

僕の栄えあるイラストレーター生活は、エージェントからの電話で始まった。作品のスクリプトが送られてくるからそれまで待っていてくれという。それじゃあっていうんで長い間待っていたけどなんと連絡が無い。ヤバい、困った。エージェントに連絡して催促したいけど、こんなときに僕の悪い癖で日本人スタイルになってしまい、それが出来ない。ただ我慢して待っていた。こんなことじゃ、TV局にいるより体に悪い！

遂に我慢できなくなり電話をして話を聞くと、Writer が Publisher との間でコントラクトの件で問題があると揉めて長引いているという。いずれははっきりするからそれまでどこかで Holiday を取れば？　ときた。どこに居ても僕のいる場所にスクリプトを送ってくれるらしい。

なんだか拍子抜けだけど、じゃあっていうんで僕は二週間ジャマイカに行くことにした。よく考えたら、よく考えなくても Holiday なんて何年も取っていない。一家で行けるなんて夢のようだ。どうやら毎日働き過ぎていたみたいで、休みを取ると何か罪人みたいな気持ちになった。これじゃ駄目だ。せっかくの Holiday を楽しまないと！

Port Antonio に着いて驚いた。こんなにきれいな場所がこの世界にあったなんて！

本当に言葉では説明できないほどきれいだった。空気も南国独特のものでそこらじゅうに花が咲いている。ランの花の香りでいっぱいの空気を吸い込んだ。海の色もブルーというよりはうすく緑色、エメラルドグリーンだ。黒人が本当にゆっくり歩いている。大きな体をしているのに歩くスピードはまるで亀だ。家並みも、屋根は鉄板だし壁はなんだかシンプルな板という感じで、おまけに全ての家がすごい強いカラーのペンキで塗られていた。それがまたこの空気や景色にぴったり合っているから驚きだ。これは想像を絶する美しさだった。

ジャマイカンはみんなそれぞれ本当の個性を持っている。黒人の体のプロポーションはすごくきれいでとても Friendly だ。僕は感激した。そうかこれが天国か。

そういえばハリウッド俳優のエロール・フリンが一番好きだった場所はポートアントニオなんて話も聞いた。確かに彼の家がまだ残っている。僕は彼に同感だ。ポートアントニオは天国だ。誰もが人生を楽しんでいる感じで道では子どもも大人も踊っている。レゲエ音楽もどこからともなく聞こえてくる。こんなの興奮するなという方が無理ってもんだよ。

僕たちの泊まったホテルは MONTEBAN LODG というホテルだった。建物はフランス式でベランダがあり、二つのフロントドアに二つのベッドルームでベランダは通りに面していた。その向こうは海だ。一家三人大喜びでジャマイカの休日が始まった。

翌朝、僕は町を歩き車に乗ってポートアントニオの色々な場所を見て回った。どこもかしこも素晴らしかった。その日の夜にはスケッチを描き始めた。何もかもが楽しかった。スタジオをホテルのベランダに構えて毎日ポートアントニオの絵を描きまくった。二週間で二〇点は描いたと思う。夢中で描いた。そういえばN.Y.のエージェントからは何の連絡も来ない。

とにかく毎日毎日絵を描きまくった。通りすがりの旅行者がこの絵はいくらかと訊いてくる。ずいぶんとたくさん訊かれた。僕は絵を売り始めた。びっくりするくらいたくさん売れた。今から思えば安く売りすぎてしまったんだけど。

アイザックというピアニストがN.Y.から来ていて海辺で出会った。ドライデンHOTELで毎晩音楽を演奏しているよと教えてくれた。僕は絵描きだと名乗った。彼は僕にドライデンHOTELは高級ホテルだから、そこのお客を連れて来ようと言い出した。もちろん歓迎だ。さっそく彼はいろんな人を連れてきてくれた。なんと時計のカルティエのお嬢様にフィアットのお嬢様、アメリカの野球選手なんて大勢のすごい人たちが僕の安いHOTELに来てベランダに並べた絵をどんどん買っていった。飛ぶように売れるというのはこのことだ。本当に楽しい気分になる。

アイザックはいい奴だった。とてもハンサムでビジネスも上手かった。僕は彼のピアノを聴きにおしゃれをしてそのHOTELにキャシーと出掛けて行った。HOTELは素晴らしくきれいで、庭には海からの波が入ってきていてそれはそれは夢のような光景だった。夜空には大きな月が顔を見せていた。彼はタキシードにボータイで髪の毛もピタッと決めていた。とてもLooking Goodだ。しかし彼のピアノを聴いて驚いた。びっくりするくらい上手くない。おまけに同じ曲を何度も繰り返した。そんな全然ダメな演奏なのに、年寄りの客には上手いか下手か分からないらしい。お客はピアノの上にあるバスケットに$100札のチップをどんどん入れていった。僕はそこに一時間も居なかったけど、彼がチップで相当儲けていたのだけはわかった。凄い金額を稼いでいたんじゃないかな……彼は僕に絵の値段を教えてくれれば売ってやると言い出した。僕としては絵が売れるのは歓迎だ。彼はピアニスト兼エージェントに早代わりした。お客さんたちは僕が日本から来たArtistで貧乏なHOTELで毎日ジャマイカの絵を描いている不思議な人間だと聞かされて、面白がって毎日僕のベランダに来て絵を買っていった。それはもう売れに売れたから、僕は毎日毎日絵を描きまくることになった。アイザックのおかげで僕らの生活はとんでもなくOKだった。ポケットにはお金がたくさんあった。こんなHollidayってあっていいのか!

挙句の果てに、ウィンストン・チャーチルの孫娘がPort Antonioに別荘を持っているとかで、そこに壁画を描いてくれなんて依頼まで来た。もうトロントに帰る前だった。流石にあまりに大きい壁画で時間がかかりそうだし、大きな絵を描く自信がなかったので断ってしまった。

　ジャマイカは本当に平和でパラダイスだった。いっそ平和過ぎるし天気も良過ぎる。来る日も来る日も最高の天気。請求書も来ない。僕は悟った。人間には請求書も必要だ！僕はカナダに帰って本気でイラストレーターになろうと決心した。例によって自信満々で、また成功する夢を見ていた。幾らなんでも本当の絵描きになると決意するのは恐いからイラストレーターで始めるわけだ。いつかはちゃんと絵描きにだってなれるに違いない。

　こうして僕はイラストレーターになった。

Timeでも、Bata Shoesでも、Club Metでも、もう数え切れないくらいイラストの仕事をやった。N.Y.でもカナダでもたくさん賞をもらった。ついに八八年にはトップイラストレーターになった。N.Y.のイラストコンペディションで入賞し、クロちゃんに子どもの頃に教えてもらったプッシュピンスタジオのシーモア・クラストやミルトン・グレーサーと同じ本、Abrahams Publisherの本になって出版された。

僕はプロのイラストレーターになったのだった。僕の作品は原始的《プリミティブ》なスタイルだ。人間もプリミティブだが我が道を行くよ。それが〝サン〟流ってもんなんだ。

そんなの、全然平気なことさ［AIN' T MISBEHAVIN' ］

僕がようやく成功した頃、クロちゃんはもう世界のトップアーティストだった。

そういえば、僕がカナダで最初の仕事を手に入れた頃、クロちゃんはもう僕の傍にはいなかった。一緒にカナダに行ったのに、どうしてって思うかもしれない。

そもそもさ、日本を出たらすべてのことが変わるんだよ。環境もそうだし見る人達の顔も風習も全然違う。幾ら能天気な僕でもやっぱり少し恐いと思ったりもした。日本に居るときはクロちゃんとニューヨークのことをN.Y.、ロサンゼルスのことをL.A.だのLosだの、おまけにサンフランシスコのことはCiscoなんて呼んで格好をつけていたけど、実際にはなんにも知らなかったし、現地に行けばなんにも出来やしないのだった。それでもクロちゃんは今、ニューヨークに家を持っているんだけどね。不思議！

なんでカナダに行ったはずなのにニューヨークが出てくるのかって思うよね。それが今となっては可笑しくてしょうがないんだけど、色々いきさつがあったんだ。

とにかく日本を飛び出しちゃったクロちゃんも僕もカナダでは最悪の仕事をして生きていた。そう草刈とかね。僕らはもちろん、真剣にカナダに残りたいと思っていた。だけどクロちゃんはカナダの税関の人とケンカをしてしまったんだ。クロちゃんは大ゲンカの代償としてカナダから出なくてはならなくなった。

もうちょっと手っ取り早く説明すると、僕らのビザはあと一ヶ月しか残っていなくって、なんとかカナダに長く居たいと考えて四苦八苦している時だったのに、そんな矢先にクロちゃんがケンカをしてしまったんだ。英語が出来ない僕らは大変だった。もはや一度この国を出てU.S.に行って、またカナダに舞い戻ってビザを三ヶ月伸ばすなんて酷い方法しか残っていなかった。それが僕らの唯一のChoiceだったんだ。U.S.に行くって言ったって、そもそも第一お金もない。こうなったら一番近い街にいくしかない。それがNew Yorkだった。

さてと困った。もうこれじゃ禅問答みたいだけど、お金がない僕らが唯一取れる手段を実行するにはお金が必要だった。滞在の許可を貰おうと思ったらU.S.の税関にお金があることを証明しなくてはならないんだよ。酷い話だ！

僕らは考え抜いて、僕が働いていた林カメラのおばさんに相談してニセのChequeを作ってもらうことにした。このChequeは飛行機の中で破いて捨てるということを前提にしていて、もちろん実際には使えない。税関に見せるためだけのものだ。

そんなことで本当にうまく行くのかと心配したけど、Toronto Air PortのU.S.の税関にそのChequeを見せてNew Yorkを観光で訪ねるというと上手く欺けた。やれやれ、最初の難関は突破だ！　僕らはどっと疲れながら機上の人になった。これで残念ながらChequeとはおさらばだ。

こいつらとんでもない嘘つきだなって思われちゃったかな。

嘘について話すことって本当に難しいよね。嘘は一番悪いことだって子どもの頃から習っていたけど、なにしろ僕は嘘つきなので、嘘は時によっては良いこともあると言いたい。何をとんでもないこと言い出したんだって？　いやいや、勿論、嘘も色々な嘘があるでしょ。犯罪になるような嘘、人を傷つける嘘はとてもまずい。だからこれは別の話。

僕から言わせてもらえばさ、全て正直に嘘もない人生は少し原始的《プリミティブ》に見えるんだよ。たとえばだけど、将来のことを考えると夢を見て嘘を作ってみると自然に嘘が現実になり、嘘が本当になったりするものじゃない？　なんていうんだっけ、そう、嘘から出た真ってやつだ。僕だって、人に何の根拠もなくデザイナーになる、イラストレーターになるなんて言ってきて、全て現実になったりしてるわけだし。嘘と夢と想像力って本当は全部つながっているんじゃないかな。嘘を嘘って言わずに夢とかImaginationとかに言い換えれば良いんだよ。

Professional LiarのLawyerこと弁護士さまだって、あれも立派な嘘八百だけど、良い嘘で人を助けてくれる場合と、悪い嘘で人を不幸にする場合があるよね。

つまり変な話だけど、嘘にも良い嘘と悪い嘘とがあるんだ。ほんとにね。生きているからには、上手い嘘が必要な時もあるんだよ。

だから何の根拠もなく言ってみたっていいじゃないか。オレは何々になるなんて、今は嘘になるとしても言ってみたらいい。これが現実になれば嘘ではなくなるんだからね。人生は素晴らしい、先は分からないし、将来のことは目に見えない。だけど、夢は生きがいになるよ。嘘と夢を箇条書きしてみよう。心から信じれば、それは嘘にはならないよ。

まあ、この時のお金がありますって嘘は正真正銘のただの嘘なんだけど。

こうして、ともかく僕らはカナダを出た。いかんせん一番近い街を選んだんだから、New Yorkにはすぐに着く。だけど僕らは世界一有名なこの街のことを一つも知らなかった。降り立った憧れのN.Y.で感慨に浸る暇もなく、僕らはDownTownへバスで行き、まず泊まる予定のY.M.C.Aに向かった。なんにしても宿の確保は最優先だからね。

あの頃のYMCAはマディソンスクエアガーデンの横にある古い建物だった。僕らの部屋は二三階で窓が一つしかなかった。おまけにそのたった一つの窓ときたらNews Paperの半分の大きさしかない。窓から下を見て納得した。ただのコンクリートで出来た中庭があるだけ。その上そこには鉄の棒が張り巡らされているもんだから、まるで牢獄の様だった。あまりの暗い感じに僕はとても心ぼそくなったりした。何度も言うようだけど僕は繊細な若者だったんだ。仕方ないから持っていた母の写真を机の上に置いて気を紛らわせることにした。ついでに振られた彼女のことまで思い出した。もう駄目だ。

クロちゃんは仕事探しをしなくてはならないと張り切っていた。確かにそうだ。もう後がない。クロちゃんだって緊張している。二人でNew Yorkの街を歩いた。グリニッチヴィレッジを歩きながらこれからどうしようと相談した。さすが大都会、可愛い女性が歩いているので「クロちゃん相当な美人だね」と思わず僕が言うとクロちゃんはまじめにそんなことを言っている場合じゃないと低い声を出した。全くそのとおりだった。

結局二回目の仕事探しで、すし屋の皿洗いの仕事が決まった。物凄くホッとしたのを覚えている。ヴィレッジのコーナーに有名な三角ビルディングがあって、その地下にはライオンズというバーがあった。初仕事の後に二人でビールを飲んだ。ようやくほんのちょっとの余裕を取り戻した僕らは、すごい所に来たなと話して嬉しくなり、いい笑顔で乾杯した。それにしても見渡す限り誰も彼も体が大きくて、おまけに大声で話をしてくるものだから何がなんだかさっぱりわからない。バーのオーナーが何かを勘違いして「お前たち久しぶりの再会だろ？」と大きなビンビールを持ってきてプレゼントしてくれた。クロちゃんと顔を見合わせてしまった。映画のワンシーンみたいだ！　まさかNew Yorkで本当にそんなことが起きるとは思ってもいなかった。まあしかも誤解なんだけど。

ホテルに帰り二人でBathに行った。Bath Roomは大衆用で十五階にあった。日本じゃないからシャワーだけだ。大きな黒人が二、三人先にシャワーを使っていた。野球かバスケットボールの選手かなと思うような体格で、なんだか恰好良くNew Yorkのアクセントで話し掛けてくれたんだけど、残念ながら何一つ覚えていない。とにかくクロちゃんと二人でお辞儀したのは確かだ。

さて裸になってシャワーに入ったのはいいけど、僕らはいかんせん、日本人なのだった。当然のようにオチンチンの前をタオルで隠す習慣がある。クロちゃんも僕と同じで隠している。黒人たちは不思議そうにじーっと僕らの方を見ていた。向こうは素っ裸で、もはや堂々と誇りを持って見せ付けてくる有様だ。彼らは僕らのタオルのカバーUPを、何かオチンチンに問題があるに違いないとでもいうみたいに見ていた。気が付けばもう誰も彼もの視線が僕らに集中していた。よくわからないけど、オチンチンを隠すマナーは日本だけなのかもしれない。黒人たちは僕らを見てこそこそ話した挙句に大笑いし始めた。僕らのタオルが動くたびに全員の目がタオルに集中する。やりにくいったらありゃしない。とんでもない時間だった。
そんなNew Yorkにクロちゃんはそのまま残って一年間も住んでいた。結局、だからクロちゃんと僕とはここで道を違えたわけだ。彼は何も言わなかったけどきっと相当苦労したに決まっている。今度会うときに聞いてみることにしよう。

それは大事【Girl Talk】

オチンチンと言えばさ、これは親友ジェリー・マモネと一緒に日本に行ったときのことなんだけど。つまり彼に日本中を案内した時の話。

お正月に博多にあるとても古く伝統のあるお風呂屋さんに二人で行ったんだ。外に大きなサインで「いれずみお断り」と書いてある。僕は当然、日本のカタギじゃない人を中に入れないためだろうと思った。思うよね？ ところが中に入ってみると七、八入のどう見たってその筋の、体中いれずみだらけで学生時代の空手クラブの合宿みたいにみんなで「ハイハイ、ヨー!」と怒鳴りあっている人たちが陣取っていた。えええ。

もう僕らは圧倒されちゃって呆然とした。ジェリーはイタリア大の学生だったんだけど、もうイタリアも何もないよね。二人で混乱しながら中に入った。その瞬間!

全員が「ハッ!」と言っていっせいに裸でお辞儀した。もちろんオチンチンの前には全員がタオルをかけている。ジェリーに僕はタオルを持っておけと云ったから、彼は何のことだかわからないままタオルでオチンチンを隠してお辞儀をしている。

人間不思議なものでさ、郷に入りては郷に従えって言葉の通り、まるでジェリーも日本人みたいになっちゃった。我々にはさっぱりわからなかったけど、お正月元日にお風呂屋さんに行くのがこの人達の毎年の行事らしい。いやもうそんなの知らないし。

一体何が起こったのかと思った。そこにものすごく歳を取った人が来た。おそらく80から85歳くらいの人だろう。彼は体中にドラゴンのいれずみをしてたし、両腕もいれずみだらけだった。しかもこれがとても立派ないれずみで、こんなのカナダで見られるようなものじゃない。マジマジ見てたら、いきなりその筋の人達全員が総立ちになった。「ハッ、ハッ、ハイ!」もう掛け声がすごい。勢いが良過ぎる。ジェリーはさっぱりわけがわからないまま、何故かLine upしている人達の横で一緒になって立っている。彼の顔はまるきり長いこと日本に住んでいる人っていうか、もう殆ど日本の人に見えた。

まあ、要はそれだけのことだったんだけど。今思い出してもわけがわからなくてとても可笑しい。

彼らはなんだか礼儀正しかった。風呂場から出るときはお風呂用のタオルをきれいに、もう子どもが作る積み本みたいにきっちりと並べて、熱いお湯をかけて全員がお辞儀をして出て行った。僕たちにもお辞儀してくれたのには驚いたよ。

どうして日本の人達はオチンチンの前にタオルを掛けて隠すのだろうってずっと思ってたけど、もしかしたらこれも礼儀の問題なんだろうか。きっと長い歴史があるんだね。

ついでに思い出した。もうひとつオチンチンの話がある。これは中でもすごくはずかしい話。オチンチンではずかしいもないもんだけど。

カナダに住みはじめて四、五年経った頃だと思う。僕の家の隣にヒッピーの音楽家が住んでた。ある日、そいつにパーティーに誘われたんだ。何か楽器があればギター、マンドリン何でもいいから楽器を持って来いって。僕は喜んで彼の家のパーティーに参加することにした。

彼の家の中は葉っぱの煙でいっぱいだった。顔が見えない程だ。その上歩く隙間もないくらい大勢の人が集まっていた。ヒッピー全盛期だ。アメリカで戦争に行きたくない人達がカナダにたくさん住み着いていた。パーティー会場は彼らドラフトドジャースでいっぱいになってたんだ。

僕は上手く弾けないけど大好きなヴァイオリンを持っていた。だって何でも良いから楽器を持って来いって言われてたからね。

パーティー客にJohn Bicknellというアメリカ人が居て、ハンサムな彼の横には三、四人の美人がくっついていた。みんなで例の葉っぱを回し呑みしている。けだるげなムードが様になっていた。

そのJohnが帰り際、明日Stowvilleで音楽のリハーサルをやるから、お前も来いよと僕を誘ってくれた。もちろん楽しそうなので行くと答える。Johnは笑顔で迎えに行くよと言ってくれた。だけどヴァイオリンは持ってきても持ってこなくても良いって言う。

まあそうだろう。僕はなにしろあまり上手くないから、友達にはなるけど音楽とは別だってことだ。しかし昔からセールスの才能がある僕は勿論ヴァイオリンを持っていった。当然だろ？　だからって急にうまくなるわけじゃないから結局へたくそなんだけど。

さてStowvilleに着いたとたん、彼はこのFarm Houseでは全員裸になるんだよと僕に告げてさっさと裸になってしまった。なるほど部屋の中には十二、三人の男女がいて、みんな裸で葉っぱを吸いながらヒッピー音楽をやっている。

だけど僕は何度も言うようだけど日本人なんだ。裸にはなってみたものの、とてもはずかしいし、慣れていない。どうしようってうろたえて見回してみても、部屋中の誰も彼もごく普通の感じで自然もいいところだ。女性もFloorに座って足を完全にオープンにしてあそこを丸出しだ。おまけにみんな美人！

そのとき僕にとても困ったことが起きた。僕だけオチンチンがすっかり目を覚まして身を乗り出してしまっている。うわぁ、たのむ！　今はよしてくれと彼に言っても四方八方見渡す限り裸の美人に囲まれてるんだからとても無理な話。第一さ、僕も若かった。しかし他の男達は毎日裸で生活してるから当たり前のことらしい。もうどうしようもなかった。

こうして僕はStowvilleの町で有名になった。英語は出来ないヴァイオリンは弾けない、しかしオチンチンはたいしたものだって！

当時、この町を歩いていると僕を見て指さしながら何かを話して笑われていることがよくあった。ああもう、なんてことだ、はずかしい、はずかしい。

New YorkでもStowvilleでも、僕はこうしていつだってなんだか小さくなっていたのだった。日本人だから元々小さいんだけどね。

負け犬たちに神のご加護を［HERE'S TO THE LOSERS］

大体、そもそもここでは黒人に限らず誰も彼も体が大きいんだ。女の人は親切だけど、喋るのがものすごく早いし、二言目には「Perdon? Perdon?」で困ってしまう。僕がレストランでバーガーを頼んだ時だって、出てきたのはパテだけだった。運んで来てくれた彼女も不思議な顔をしてたけど、受け取る僕だって途方に暮れた。いかんせん僕はその頃まだ日本人 of 日本人だったので何も言わずパテだけを食べる羽目になった。もちろんうまかったけど、パンにはさんで食べたらもっとおいしいに違いなかった。今だったら注文をしなおしてウエイトレスとも仲良く冗談を言い合うところだけど、あの頃は全然だめだったんだ。

なんていうか、英語圏の人たちってすべてのことがDirectで一人一人がしっかりしていて、ある意味では威張っている感じなんだよ。日本で言われるような頭が低くて無口で行動が静かで何かこの人は信用ができる男だなんて人はまず見たことがない。女の人でさえ何かものすごく強く一方的で会話の終わりにＯＫ？　だ。ＯＫなわけがない。まるで僕が子どもで彼らが上の立場にあるとでも思ってるんじゃないかと卑屈に感じるくらい彼らは強い。おまけに英語がわからないんじゃそりゃお手上げにもなる。日本人は彼らにＯＫ？と言われたら咄嗟にわからなくてもＯＫと言っちゃうよね。長いものには巻かれろという日本の伝統はどうやらあまり良いものじゃないみたいだ。

それで思い出したんだけど、僕が初めてカナダでDr. Krantsのクリニックに行って体の検査受けたときの話。

そのDr.は女医さんで、ものすごく美人でセクシーだった。おまけに困ったことに彼女のオッパイは驚くほど大きくとんがっていて、その日彼女が着ていたセーターの奥を嫌でも想像させられる迫力だったんだ。

問題は血圧の検査のときに起きた。彼女の胸が僕の顔に当たっている。僕の興奮は一気に頂点に達しちゃって、もうドキドキなんてものではなかった。しかもその後は僕のお尻の穴に彼女の指が入ってくるColon cancer《大腸ガン》の検査だ。彼女はＯＫ？　ＯＫ？　と訊いてくる。僕の顔は真っ青な筈だけど、勿論ＯＫですと答えてしまう。もはや何の検査だかすっかり具合が悪くなってしまった。何がＯＫだ、ＯＫなわけあるか。

最後の報告のときにクールな女医は僕の血圧が少し高いと眉を寄せた。とんでもないよね。僕から言わせればあんなオッパイを顔に当てられて平気でいられるほうが不健康だよ。もちろんそんなことを英語で伝えられるわけがないんだけど。あれはホントに忘れられない。

日本人はいつもOKとかYESYESと言ってしまうけど考え物だ。相手の気持ちを考え過ぎるからだろうし、日本の文化で衝突を嫌う歴史のためかもしれないけどね。

結局、North Americaで僕が学んだことは、どうやら物のとらえ方や行動すべてが日本人とは真逆なんだってこと。そのことさえ頭に置いておけば意外とシステムは簡単で何の苦労もなくやっていけるのかもしれないってことだった。どうかしたら、やっていけるどころか仕事も含めいろんなことで成功する可能性だってある。要するに変な遠慮は全部忘れた方が良いってことだ。

この大陸じゃいつでも快活に冗談が言えて意見ができるということがとても大切なんだ。冗談が言えるとみんな、「あいつは人間に幅があって、何か親しみを感じるね」だとか「あいつはいつも自分のビジョンがあるぜ」なんて言い出す。なるほどここで成功している人たちはとても冗談が上手いのだった。有名なコメディアンもたくさんいるもんね。日本では冗談を言ったり意見したりすると「あいつはなんだかいつもくだらないことばかり言ってへらへらしていて信用に欠ける」だとか「自分の意見ばかり言って、物事をもう少し冷静に考えろ！」ということになりかねないっていうのに！

具体例を挙げよう。ある日、僕はカナダのとある大学教授にホームパーティーに誘われた。僕の知り合いの日本企業の社長サンも招待されて一緒に出向いた。彼はカナダに来てまだ一年目で、いわゆる日本でいう立派なタイプの人だった。つまり彼は全く顔に表情の無い人だったわけ。お陰で僕はたくさんのカナダ人に「彼は体の調子が悪いのか？ 大丈夫か？」と質問されることになった。あれが彼の平常運転だよと答えといたけど、カナダ人は日本人って本当に不思議で理解し難い人種だとか、少し気味が悪いなんて思っているかもしれないよ。

もし日本人とNorth Americanが背広を着てネクタイをして、みーんな同じ格好をしていたとしても中身が全然違うんだ。なんだったら日本人の方がおしゃれで高い服を着ていたとしてもNorth Americanは自分たちの方が洒落てて楽しい人びとだって思うんじゃないかな。日本の会社のシステムは古いサムライシステムだもんね。上司には意見せず、そしてただひたすら真面目を通すってヤツ。まぁでも最近の日本は若い人たちが少しずつ変えてきているのかな。すごくいいことだと思うよ。少なくとも、これから国際社会が加速していくなら余計にね。

日本では朝から晩まで「すみません、すみません」。心にそう思っていなくても「すみません」でしょ。僕はそれが好きじゃなかった。North Americaでは絶対に「すみません」とは言っちゃはいけない。むやみやたらに言ってしまうと命取りになる。日本では「Good morningすみません」だけどNorth Americaでは「Good morning. I'm super fine.」だ。例え伴侶から自宅を叩き出された上に仕事をクビになったとしてもみんな「I'm fine.」。それに加えて伴侶に非があったと言うだろうし、会社はオレの意見を聞かなかったと言うだろう。それだけでは収まらず、「あの会社はオレが居なければ大変な損害だ」とか「オレが正しいから今その会社を訴えている」と言い出すかもしれない。学生も先生からもらった成績がBだったら「なぜBなの？ Aのはず！」と戦うよ。日本では考えられないことばかりだよね。

カナダに住み始めて一ヶ月目のことだ。テニスクラブのパーティーがあるっていうんで僕は大切な白いシャツを洗濯屋に持っていった。木曜日に仕上がるって言うから、その日に行ってみるとまだ仕上がっていない。いつ仕上がるのか聞くと明日だって言う。だけど次の日に訪ねるとまだ出来ていない。シビレを切らした僕がそれは唯一持っているシャツで今夜に間に合わないと不味いって伝えるよね。どうなったと思う？ 洗濯屋のオーナーはお前がもっと早くに持ってきていればもう仕上がっていたと言い出した。なんてこったい！ おまけに彼が僕の名前を訊く。僕が「San Murata」と答える。ところが僕のシャツについているタグには「Sam Murano」とか書いてある始末で、彼は僕が言った通りに書いたと譲らない。頭に来た僕が自分の名前を間違えるバカがどこに居ると強く言うとようやく向こうは何も言わなくなる。

とにかくNorth Americaでは自分を主張して戦わなければならないんだ。戦うと「あいつは実力のある奴だ」ということになる。お互いが譲り合うなんてありえない。当然揉めごとがなかなか解決しないことも度々ある。結果、その都度Lawyerがご登場になるわけだ。あぁ日本はなんていい国なんだ。大抵の人はちゃんと「Sorry」が言えるもんな。

夕方、僕はついに自分のシャツを取りに行った。驚いたことに僕のシャツはホワイトからブルーに変わっていた。唖然として僕のシャツは白だったと言うと、オーナーの彼は自分の責任ではない、請求書の下を見ろと言う。そこには小さな字で「いかなる場合でも洗濯物のダメージの責任は取りません」という注意書きがしてあった。畜生、請求書をしっかり確認せずにサインしてしまった！　最早これはどうしようもなかった。僕は声を大にして自分に向かって怒鳴った。サインをするときは最大の注意を払え！　Sorryのひとつも言っちゃ駄目だ！　まったくもって酷い、これが最初のLessonだった。

もちろんLesson2もある。

テニスの試合で相手の選手に勝った時だ。僕は日本から来たばかりだったから、ただのテニスですらクソ真面目になり、まるで背中に日の丸を背負った神風特攻隊の如き有様だった。正々堂々と戦いみっともないことはしないSports man shipが大切という何かのお手本みたいなスタイルのテニスをした。だけど相手の選手はそんなのお構いナシだ。僕のボールがラインに入っていても「Out, out!」と騒ぎ立てる。僕が黙っているとさらに「Out」の数が増えていった。とんでもなくきたない奴だ。だけど実際ちゃんと「今のボールは入っていた」と僕が言わなければ負けてしまうわけで、アウトだ、いや入ってた！の応酬になった。結局僕が勝って握手をすると、最初に彼の口からでた言葉は「昨日はパーティーで家に帰ったのが遅かったので疲れていた」だった。呆れた僕に、彼は悪びれもせずに付け加えた。「今日は風が強すぎるし、暗くてボールがはっきり見えなかった」

本当にそうだとしたらお互い条件は同じなわけで、なんてみっともなくて恥ずかしい奴だと思ったけど、どうやらこの国ではそれは当たり前のことなのだった。

君よ、戦う技術を学ぶことだ。僕はうんざりした。時と場合によってはLawyerを使って戦わなければならないし、冗談を言いながら相手をやっつけるということを学ばなければならない。

もう僕は半世紀もこの国に住んでいるから、今やこのシステムのことはよく知っている。だけどやっぱりこのシステムはいつまで経っても好きになれない。僕の心はやっぱり日本人なんだろう。もうこんな年になってまで戦い続けるなんてかんべんしてほしい。

僕の見たアメリカ大陸はどこもかしこも行き過ぎた広告代理店みたいだ。テレビを見てたって、出てくる人はコマーシャル俳優から政治家まで誰もが自分が如何に素晴らしいか言いまくるばっかりだし、ネクタイは決まって赤でジャケットはDark Navy Blueだ。この色合わせって本当に広告代理店のマーケティングリサーチで決まったカラーなんだよ。こんなにもメディアが完全にすべてをコントロールしているなんてちょっと変だと誰も思わないのかな。特にU.S.はあまり国の外には行く人も居なくて「我々は世界で一番だ」と素朴に思っているのが良くわかる。何しろ彼らはたまにようやくヨーロッパに出掛けてもジャマイカに出掛けても、せっかく違う国に来たってのに朝ごはんのベーコンを見て「これはベーコンではない！」と言い出すんだ。僕は親切に言ってあげる。「あなたが居るのはジャマイカで、これはジャマイカのベーコンなんですよ。アメリカのベーコンだけがベーコンじゃないんですよ」

まあ、大体彼らは返事もくれずにヤな顔をしている。

世界は広いし、色んな考え方も行動もあるんだから、せっかくなら互いに良いところを学べばいいのにね。もう二十一世紀だぜ？

ふしぎの国へいく細い道は [Alice In Wonderland]

North american には成功と幸福は同じだと言う人が沢山いる。

でもこれって間違いじゃないかな。成功ってなかなか難しい、説明しにくい言葉だよね。何が成功で何が成功じゃないんだろう。仮に仕事がうまくいくだとか、お金持ちになるだとか分り易い例を成功と呼ぶことにしたとしても、成功しないと幸福になれないってことはないでしょ？　成功しても不幸な人もいれば、成功しないで幸福な人もいるからね。生まれつき幸福な人だってもちろんいるんだし。

もし成功が富や名声、社会的地位を獲得する様なもので、会社で働いていて地位が上がって行くとかそんなことを言うんだったら、どう考えてもそんなの幸福と関係ないよ。それで人に嫉妬されるのは成功している証拠かもしれないけど凄く不幸なことだと思わない？

僕はほんとうの幸福を掴む鍵は何か我を忘れて取り組むことの出来る物を持つことだと思ってるんだけど、どうかな。夢中になって何かに取り組んでいる時って無心になれて、それってとても幸福な状態だと思うんだけど。しかも幸福になれば自然に成功もついて来る気もするよね。もっと言うと、幸福だったら成功しなくてもそんなのたいした問題じゃないし。もしかしたら、セックスだって目的地に到着するよりも目的地に向かっている方が素晴らしいかもしれないだろ。人を愛する正直な心の方が結果より大切に決まってる。

これって僕が日本人だからそう思うのかどうか、誰か教えてくれると良いんだけど。

ちなみにNorth Americanにとっての不思議の国日本を説明してくれといわれたらこれは結構すごく難しい。日本という国、日本を本当に知っているNorth Americanは本当に少ない。そもそもNorth Americanとは根本的に文化が違っているんだけど、それがまず理解してもらうのが大変なんだ。

日本ってさ、当たり前みたいに洋服は着ているけどそう言えば開国してからはわずかな期間しか経ってないんだよ。知られてなくても当然かもしれない。ちょんまげ、着物、近藤勇の首が銀座四丁目の角に晒されていたなんてついこの間のことだ。何しろ開国の時のペリーの通訳は僕のご先祖が務めたくらいで、何十代も前のことでもなんでもないんだから。

North Americanにとって、神は基本的には聖書の神のことだ。宗教で争うなんてヨーロッパでは当たり前すぎて、だから今でも連綿と続いている。同じ国に違う宗教の人がどんなにいても、彼らは個人主義だから気にしちゃいない。どうかすればそれさえ勝ち負けの問題にしてしまうんだ。神にもLawyerが必要だ。

対して日本では自然が神なんだけど、それってよく考えれば宇宙のことを言っているんだな。世界はとても大きいんだ。それが密教の教えとも親和性が高かったのかもしれないね。京都には三千弱もお寺があるらしいって京都のタクシーの運転手に僕は教わった。

京都のお寺の庭は美しいよね。白い石、月の光が反射してその光が木に、僕に、空にと全て結ばれる。それはやっぱり宇宙を表している。僕らもやっぱり自然の一部なんだ。この広い広い世界観では me and my life ということにはちょっとなりようがない。

京都の町は僕にとっては日本中で一番好きな場所かもしれない。日本の庭は生き物みたいだ。景色が向こうから入ってくる。木も特別に大切にしているよね。切らないし、古い木には丁寧な補強をしている。石は石で普通の石には見えない。自然が創りだした彫刻のように見える。

僕は京都のお寺の庭に立つと、何か人生というものを感じるんだ。同時に自然に生きることは素晴らしいことだけど大変難しいと思ったりもする。何か分かったような分からないようなことを言っているな。僕はね、一度お寺の門をくぐると突然真空状態になったような、丁度コマを廻してそれが止まった瞬間に放り込まれたような気がするんだ。庭の白い石、松の木、静かな深い緑色、石、木造建築の木の色。木の葉が風によって落ちる風景さえも誰が考えたんだろうと思うよ、本当に美しい。

以前、京都に行った時に、ちょうどアメリカ人の旅行客が団体で日本の通訳を連れて歩いていた。僕は偶然近くにいたから、その日本人通訳の英語を聞くことができた。その英語のアクセントと来たらひどいもので僕といい勝負。最早クロちゃんか僕かってくらいに酷いアクセントで、おまけに発音が悪い。お陰で僕にはとてもよく聞き取れた。

曼珠院のお寺だった。廊下の横に水がめがありまっすぐではなく微妙なアングルで置いてある。これは月との関係があるんだと彼は説明した。月の光が白い石に反射する。その光が木の葉に、そしてあなたに、そしてお寺の屋根に、この水がめに、全ての光が反射し合って、Universe のことを意味するのだと。

僕は美学が何よりも好きでよくこの曼珠院に通った。午後の太陽の光がどこに当たるか、座って庭を見るときの目線やアングル、廊下を歩くときの陰の動き、全て計算されているのが好きだった。それが全部で宇宙を表していたなんて。

North American は日本人が即答を嫌うと文句を言うけど、そんなのしょうがないじゃないか。だって答えなんて勝ち負け、白黒だけでは分からないんだから。スポーツとは違うんだよ。全てがXだ。サイエンティストは Logical に物事をみる。そして現実を深く追求する。ロケットも月には行った。だけど宇宙はあまりにも広すぎる。答えは出ない。僕らは自然に勝てないってことを知っている。

North American にも、もちろん良いところが沢山あるよ。僕は今では半分日本人で、半分カナダ人だ。僕にとって国籍というものは曖昧になった。だけど歳を取るとともに僕の中で日本人のプライド、きめ細かい心の動きというものが鮮やかになったんだ。衰えた木に一輪の花が咲けば日本人は喜びを感じる、それって素晴らしいことだと思ってるんだ。もっと世界が近くなって、不思議なだけじゃなく、お互いを理解できるようになったら良いんだけど。

自分が何者なのか、きっとわかるはず【ON A CLEAR DAY】

世界の人たちが、日本に来て一番びっくりするものってトイレなんだって。相互理解もそこからか、って思うとそっちの方がびっくりだ。さっきまで宇宙に思いを馳せてたのに唐突に動物にとって一番大事なところになっちゃった。

だけど一番大事なところに一番力を入れるっていうことも、お寺の庭の精神を感じない？　排泄なんて汚いって思うことだけど、そこから目を逸らすんじゃなくて一番素敵にしちゃうんだよ。だって生きるには絶対に必要なことだから。

そもそもカナダに住んでいるからわかるけど、日本のトイレは本当に素晴らしいんだ。まずとてもキレイだってことが驚異的。

こんなに人口の多い国なのに、ホテルは勿論、駅、レストラン、公園、映画館や列車まで、トイレはみんなピカピカしている。

日本のトイレのデザインはすごいよね。臭いを消すボタンはあるし、小と大の水の流れを調節出来たり、また違うボタンを押すとお尻に向かって水が出てきて洗ってくれたりする。水のスピードがいい気持ちにさせてくれてさ、温度の調節まで出来て、もう何とも言えない温かい水でお尻を洗ってくれる。

ここまで来たら、あと一年も経てばどこかの会社がモーツァルトの音楽が流れる様なものを作るかも。僕なんて、この頃は日本のトイレに行くことって大変な楽しみになっちゃってて、教会で賛美歌を歌って出てくるときに牧師に素晴らしい言葉をもらったときの心も体も洗礼された様な気分になる。

この頃は日本に帰るっていうと熊本なんだけど､熊本に来るようになる前は友人のＤｒ．ジュリー見寺の素晴らしいマンションに住まわせてもらっていた。博多の薬院だ。なんとここのトイレにはあまつさえデビュッフェの絵まで掛かっている。あまりにキレイなのでスタジオの居るような気持ちになる。

　あんまりトイレが素敵だから、ついに僕は博多滞在中はこのトイレで勉強することに決めた。本を一冊、買って毎日トイレで一五分間勉強するんだ。選んだのはイタリア語を絵で学ぶという辞典。一三五頁だよ。これが正解。なんと気持ちがいいのだろう。どんどん進む。あっという間に三七頁まで暗記したもんだから、さっそくイタリアに行ったら使ってみよう、この本が終わったらフランス語も勉強する、なんてウキウキして夢がいっぱいになった。嬉しいもんだから、よくトイレに行くようになって、お陰さまで体も健康だ。

　それで春にイタリアのベンタミーレに行くチャンスが来て、さっそく実践の機会があった。汽車から降りて最初に言った言葉は「ドーペラ　スクチオーネ」駅はどこですか？　最高だ！

　だけどイタリアの駅にあるトイレは汚い。ただ丸い穴が開いているだけなんだ。立ってやるのかどうしたらよいのかさっぱりわかりもしない。日本のトイレがいっぺんに恋しくなる。日本のトイレは世界一だ。

　世界一といったら、お風呂もいい。僕は日本に帰って来たときは最初にお風呂屋さんに行く。

　Ｄｒ．ジュリー見寺のマンションの前には何百年も続いている「あつ湯」いうお風呂屋さんがある。とにかく日本に帰って来たその日には必ずお風呂屋に行く。中に入ると、とても古い感じでタイルも昔のままで何ともいえない雰囲気がある。番台のおばさんは五〇から六〇歳位でとても品が良い。通ってみて知ったけど、彼女は金、土、日に、旦那さんは火、水、木に番台にいるらしい。風呂代は五百円でお釣りが来て、たしかタオルが五〇円、髭剃りも五〇円だった。

僕は偶然にもいつも品の良いおばさんの居る時に行く。何も自分の裸を得意になって見せる為に行くわけじゃないんだけど、僕が行くといつもおばさんが居る。で、困ったことに僕はなぜか、このおばさんの前で裸になるのがはずかしい。不思議だ、どうしてだろう？

ともかく、お風呂なんだからまず身体を洗ってどっぷりと首までお湯につかるのが僕の流儀。みなさん頭に手ぬぐいをのせていて、目をつぶってお湯に入っている。僕も真似をしてみんなと同じく目をつぶってお風呂に入る。目をつぶる気持ちが分かる。これが本当に気持ちが良いんだ。お風呂は実はとても静かだ。お湯の流れる音と人がお湯に入るたびに溢れ出る音と誰かが身体を洗う時に使うたらいの音だけが響く。

目をつぶってお湯に入っていると、今日、カナダから日本に帰って来たとは思えなくなって、ずっと日本に住んでいる様な錯覚を起こす。どうして僕はこんなに日本が好きなんだろうって自分で自分に質問してみる。

簡単に言えばカナダでの生活はまるでボクサーがリングに立って相手と戦っているみたいな感じだ。ちょっとした油断も許されない。自分で自分のことを守らなければならないし、自分のことはいつも主張しなければならない。主張出来ない場合はLawyerが戦ってくれるけど、Lawyerにお金を払って戦って貰うんだから、結局はお金の為にほかで戦わなきゃならない。そうだなあ、Lawyerはボクシングで言えばコーチみたいなものだ。要するにカナダを含めたNorth Americaは自分を中心で生きる自分主義の世界なんだよね。

まあ良く言えばリーダーシップがあって、自分の意見を通す世界。誰もが自分の意見が正しいと力説する。こういう世界の素晴らしい所は自分の好きなことが何でも出来るってこと。自分のことを尊重し上手く自分で自由に開拓して行くことが出来るんだ。シンプルで力強いんだな。

シンプルと言えば、キャシーと別居する事になった時もそうだった。立派になったタロウくんが僕に言ったんだ。そろそろ、ママから自由になったら？　って。

キャシーは芸術家で、僕とは種類が違う繊細さを持ち合わせた人だ。美人で気立てが良くて、一緒にいられて本当に嬉しかったけど、段々無理してきていたのも確かだった。

僕は息子にそんな事を指摘されてびっくりした。びっくりしてから、とても納得した。シンプルな話だ。無理は良くない、お互いの為にならない。誰もが自分の為に生きてるんだから、親父は親父の生き方を大事にしろって僕は息子に教えられたのだった。

あんまりさ、これって日本ではないことかもしれないよね。

だから、日本は僕には複雑だなぁと思う所が沢山あるんだけど、やはり日本は僕の生まれた国で、僕には何とも説明できない良さがある、ってお風呂で考える。一つずつ、指折り数えるみたいに、考える。

町を歩いていると道は本当に狭いんだけど、これがとても心を感じさせるのがいい。小さな店がたくさんあってさ、家の前には小さな植木が置いてあったり、小さな花が植えあったりする。そこにお蕎麦屋さんのにおいが流れてくるなんて最高だ。うっとりしちゃうね。

ほら、見てご覧よ、お店の前の植木は、ちょっと前に水をやったのかまだ水玉が葉の上に光っている。とても美しい。

食事をしたいなって思って店に入るとみんな親切で、今日は魚が美味しいとか、牡蠣が入ったからこれも美味しいですよとか、昼のランチは海老定食だとか控え目だけど笑顔で色んなことを言ってくれる。もう何か店のオーナーにまで親しみを感じさせてくれる。つまりカナダと違ってリングに上がって戦う必要なしだ。

日本は一人では生きていけない世界ってもしかしたらカナダ人なら思うのかもしれない。だけど、それって悪いことじゃないよね。まわりとの和を考えながら生きている感じが良く分かる。それって本当に素敵なことだよ。

願えばどんな夢でも【Over The Rainbow】

イラストレーターとして成功した僕が次に目指すのはもちろん絵描きだった。と言っても、この夢は随分と漠然としていた。絵を描くのが好きでいつもスケッチをしてると言ったって、まさか絵描きになれるとはあまり思えなかったんだ。イラストレーターなんだから絵描きにだってなれるだろうって思うかもしれないけど、僕に言わせれば実はイラストレーターと画家は似ているように見えて全然違う。

そもそもイラストレーターはいつもクライアントに売らなければならない。クライアントが好きなイメージ、同時にその時代の流行のファッションなんかも頭の中に入っていなければならない。計算して売るための職業だ。

絵を描く時は売ることなんて考えないよね。心の入っていない絵なんて意味が無い。絵描きは無心になって美を追求する存在なんだ。そこに計算なんて出る幕はない。

絵を描く時は、描き続けていると偶然に美と結び合う時に出会う瞬間があって、それを捕まえる為に描いているようなところがある。これって毎日ずっと描いていないと捕まえ損ねてしまう。よく一つのものを続けると道が開けるって言うでしょう。僕にもやっと今になって少し分かる様になって来た。一歩一歩の積み重ねと追求が必ず道を開くんだ。

本当は、絵だけじゃなくて、ビジネスでも何でも全て同じはずなんだ。本当の才能なんて続けていればいずれ出てくるんだよ。ただ問題なのはお金が入ってこないってこと。絵描きイコール〇銭、音楽家イコール〇銭、Artist イコール〇銭、これは困っちゃうよね。

勿論成功している Artist は別だけど、僕が言っているのは大勢いる中の、僕を含めて大半の Artist のこと。それじゃあ金持ちが絵を描けばいいかっていうと、これがまた困ったことにお金に苦労しながら人生と格闘して情熱を注いだほうがいい絵を描くことが出来る可能性が高いんだ。ちょっと考えてみてもわかるんじゃないかな。何の世界でも貧乏で苦しい思いをしながらそれを乗り越えて来た人は意外に現在は幸福に暮らしていて、お金にもそう困らないって人が多いもんだ。絵にはそのまま心が出ちゃうからだと僕は思っている。

つまり心とお金を結びつけるなんて不可能なのに、売る為に描くって絵描きは心を売っていることになるでしょ。それなら車のセールスでもやった方がよほど簡単で楽にお金になるよね。

そんなわけで、僕は自分が絵描きになれるかも、とはちょっぴりしか思っていなかった。まあ、ちょっぴりだとしてもなれるかもと思ってる辺りが僕だけど。

そういえば、僕がイラストレーターをやっている時に日本の朝日新聞がカナダの人を紹介する欄を作るために訪ねてきたことがある。僕はもちろんそのインタビューを受けた。呆れたことに僕はいずれは絵を描きたい、同時に音楽、Jazz violin を弾きたいと将来の夢を語っているのだった。

少しずつ、やっぱり絵描きになりたい、っていう希望が大きくなって来て、僕は真面目に絵を描きだした。そもそも絵を描くのが好きだから、たくさん小さな作品が出来た。僕はそれを仲良しの宮城レイ子に見せた。彼女は毎年カナダに遊びに来て僕の家を訪れていたんだ。彼女は僕の絵をしげしげと眺めてから言った。

「サンちゃん、東京のカナダの大使館で展覧会をやったら?」

なんだって、と思った。本当にそんなこと出来るかな? と心配もした。だけど確かにそれは素敵だった。やってみたいと思った。K2デザインの黒田征太郎と長友ケイスケ、昔の友人で写真家の加納典明が後押しをしてくれると言い出して、だったらやろうと思った。本当に友だちってありがたい。カナダ大使館に話をしたらOKだった。イラストレーターとしては多少カナダで僕の名前も知られていたからすぐに決まったのかもしれない。

小さな絵を七〇枚くらい持っていった。今から考えるとあの頃絵だと思っていた作品も、本当はまだイラストだった。きっと絵ではなかったと思う。それでもラッキーなことに全部売れた。勿論すべて日本の友だちのお陰だ。僕の母の親友だった黒柳朝さん、黒柳徹子さんも応援してくれた。個展は大成功だった。僕と伴侶のキャシーは六本木の徹子さんの家に泊めてもらってそれは楽しい時間を過ごした。

あの時、自分のことのように個展の成功を喜んでくれた徹子さんのママ、チョッちゃんはもう居ない。寂しいことだが亡くなってしまった。彼女は本当に素晴らしい人だった。たくさん楽しい思い出がある。目をつぶればいくらでも思い出が出てくる大好きな僕のおばちゃんだ。

こうして僕は幸運な絵描きとしてのスタートを切った。

僕の絵はどうしてもイラスト的だ。そもそもイラストレーターから絵描きになることはすごく難しい。絵を描いていても余計なことを考えるのがイラストレーターの癖で、人に好まれるようにだとか洒落た感じを出そうだとかどうしても余計なことを考えてしまう。お陰で今も絶賛勉強中なわけだけど、たぶん、自然に身を任せることが大事なんだろう。余計なことを考えるってのは、没頭もしてないし自然でもないってことだから。一番大切なのは正直に心を出すことだから、僕はそれを追い掛けている。

絵を描いていると、ある時偶然にすべてがマッチする瞬間が来るんだよ。僕はひたすらその時を待っている。ぼんやりしていると見逃して、余計に描き過ぎてせっかくの良いところを消してしまうことになるから必死だ。どのタイミングで作品を完成として描き足すのを止めるかということは本当に大切なことなんだ。僕にとっては、だけどね。

いつものことだけど、絵を完成した時は自分ですごく良い絵だと思うんだよ。少し興奮気味になって、Bed Room に持って行っちゃったりして、寝る前にこっちに置いてみたりあっちに置いてみたり、すごく楽しい。でも次の日に絵を見ると全然昨夜と違うんだよね。不思議不思議。この絵は良くないとか考えてしまう。

結局、僕にとっての楽しいことっていうのは一日中絵のことを考えるってこと。描いていない時もレストランの色んな人の動きだとか、カラーだとかを観察するし、道を歩いてたって、あのビルディングの色は不思議な色だな、だとか、わぁあの色を絵に使ってみよう！　だとか、もうひたすら考えているだけで楽しい。頭の中でどんどん想像しちゃうから、何も喋らなくても Artist にはそれって「楽しい」なんだ。

いつだってそんなんだから、旅行はとても大切。絵描きになるためにはおそらくたくさん旅行をしてエキサイトしたり、展覧会に行って名画を見たり、はたまたコンサートに行って音楽を聴き興奮する、なんてこういうことが大事。それが絵を描かせるんだよ。そうだ、恋をするのもいいかも。

一枚の絵を描くって、紙一枚分の風景やオブジェクトがあればいいってことじゃないよね。描くArtistの気持ちや経験、そういう全部ぜーんぶが含まれているんだ。人生からできあがる一枚だし、心が創りだした体の一部。自分はArtistじゃないからわかんないよってひともいるかもしれないけど、本当は誰だってそうなんだよ、何をやるんだってそうなんだ。Artって本当に大切なものだよ。あのね、僕がArtっていってるのは、何も絵のことだけじゃないんだ。サイエンティストも、作家も、その他どんなものでもArtだよ。世の中にCreativeな「仕事」は限られるとしても、Creativeな「こと」ならどんなことだってそうでしょ？　それに携わったら終わりなんてないよ、そして答えだってないんだ、正解もね。

だからArtistは歳を取っても若いんだ。一生美を追求していくことが生きがいだからね。素晴らしいところは絶対に満足しない、ここが良い所。

さてArtistの一番苦手のお金をどうやって作ろうか。

これは本当に難しい過程なんだよね。

ちなみに僕の場合はと言ったら、たくさんの良い友達が横についていてくれて、みんな応援してくれて、同時に絵を買ってくれた。友達ばかりに売っても限界があるから、色々なギャラリーに絵を見てもらったりしたよ。ギャラリーの数は無数にあるんだから、石を全部投げれば必ずどこかのギャラリーに当たる。

というわけで、描いては作品をギャラリーに持って行って見せた。そのうち自信を持ったり、逆にコンプレックスを持ったりしてとっても心が忙しくなるんだけど、続けていればどんどん良い方向に向いてくるんだよ、これが。

この頃はさ、いろんな人が「歳を取ってきているのに絵が売れなくなったらどうするの」だとか、「体が弱くなったら限界が来るよ」だとか余計な心配をしてくれるんだけど、冗談じゃないよ。こういう身の回りに全て保険をかけて死ぬ準備をしているネガティブな人達なんて、人生を真面目にやっていないんだ。「私の生活は犬が見てくれるだろう」とか、「女房の家族は金持ちだ」とか、そんなの自分の人生をどう生きるかちっともちゃんと考えてないってことだよ。なんてもったいない人生！　そんな意味の無い生き方なんて僕はいやだ。

僕が思うに、限界だって思っちゃうと、そのときが本当に限界で終わりなんだよ。好きなことをやってれば絶対に限界なんかないんだ。コマは廻ってる限り倒れないよね。僕は絵を描き続けることに決めている。

さあ、みんな歌おう［SING SING SING］

今の僕は、絵を描くほかに、もうひとつ、Jazz violin って大切な表現方法を手に入れた。ヒッピー達に苦笑されてた頃から、下手糞だけどなにしろ violin が好きだったんだ。

僕が Jazz violin に辿り着く下地は、だけど実は全部好き勝手にやりたいことばっかりやっていた成城での暮らしの頃に完成した。

大学時代、「君たちは本当に勉強が好きだねえ。そろそろ卒業したらどうかい。十分に勉強したろ?」と僕や友だちをからかっていた、偉大な Writer の吉川英治さんを含めた吉川家がその役割を担っていた。

高校生になった頃に、僕は吉川英穂と友だちになった。

彼は大変な人気者でホー助と呼ばれていて、なんだかホー助のことは誰でもみんなが知っているみたいだった。彼は成慶高校、僕は青山学院の高等部だ。

なにしろ当時は昼にテニス、夜はパーティーなんてホー助は毎日ものすごく忙しそうだった。おまけにホー助は英語も上手かった。どうしてあんなに英会話ができるのだろうってとてもうらやましかったなあ。半世紀カナダにいても、僕は当時のホー助よりきっと話せてない。

僕もホー助もテニスをやってたから、僕らは毎日のように会って色んなことを話した。田園クラブと神宮クラブで良く試合もした。これが本当にとても楽しくて、まあお互いにガールフレンドの話でいっぱいだったんだけど。

僕は高校まで東横線で通っていた。自由が丘駅だ。ホー助は渋谷の松濤だった。青学は渋谷だったから、いつも学校帰りにホー助の家に寄り、音楽を聴き、ジルバの踊りを練習した。そんなことなら幾らでも努力できるんだ。お陰で二人ともかなりうまくなって、パーティーに行っては得意になって踊りまくった。

その頃、ホー助の兄貴に初めてビリー・ホリデーとJzaa GroupのM・J・Qなんかを聴かせてもらった。それが僕にとってのJazzとの出会いだ。まさか自分が将来violinでJazzを弾くなんて勿論のこと夢にも思っていなかったよ。

夏は吉川家の別荘に住むことにしていた。会社に勤めるまで毎年毎年彼の家に住んでいたんだ。しかしなにしろホー助のお父さんはあの吉川英治先生だ。彼の「宮本武蔵」の本は日本中を虜にした。そんな家に押しかけていたなんて、今からじゃ考えられないことをしていたってことだ。

吉川家の人たちは僕にとても優しかった。英治先生にも色々なことを教えてもらった。とてもユーモアのある人で、僕のことをサンくんと呼んだ。本にも僕の事を書いてくれた。先生はよく「まだ下手なテニスを辞めないのだね」と僕をからかった。軽井沢の別荘で毎日会っているのに、久しぶりだね、いつ来たのとわざと訊かれた。2ヶ月も住んでいるのに！　食事のときに魚を食べていると、多分さんまだったと思うけど、先生は「ここがとっても旨いんだよ」と魚のお腹の苦い所を見せてくれたりした。美味しいよと言ってにこにこ笑っていたのをよく覚えている。

ホー助には妹が二人いた。かよ子チャンとアケミチャン。きょうだいは他に兄上の英明さんって構成だ。

先生は本当にかよ子チャンのことを可愛がっていた。先生は子どもとの遊び方を良く知っていた。自分が子どもにいつでも戻れる自然の人だったんだと思う。先生の笑い声は本当に美しかった。とても背の低い小さい人だったけど、笑い顔が心から笑っている感じで、まるで神様みたいに大きな人に見えていた。

僕は先生と赤坂の家で将棋をしたことがある。ところが僕がちょっとトイレに行っている間に駒の位置を変えられてしまった。先生は真面目な顔をしてみせる。あっけにとられて盤面を見ている僕に、先生は大笑いした。なんだかそんな人だ。

だけど同時に恐かった。ホー助も先生に呼ばれるとやばいやばいと青くなる。そのくらい恐かった。大学はなにしろ僕もホー助も共に四年のはずを五年通ったから、僕らはおっかなびっくりだったけど、それについては先生はおおらかで、君たち勉強が好きなんだね、そろそろ卒業したらどうだとからかわれるばかりだった。

先生の誕生日は八月一一日だから、毎年軽井沢の別荘でお祝いをやった。とても楽しい時間だ。先生の誕生日には日本の著名な人たちが沢山集まり先生と祝杯した。川口松太郎や、三笠宮様、大勢の作家の先生方。みんなが先生をお祝いした。そこには Citrin Family や、ジャッキー・デービットもいた。僕は彼らとは今でも連絡をとっている。

Citrin Family はホー助と僕を可愛がってくれた。彼等の家のパーティーにもよく行った。アイザック・スターンってヴァイオリニストだとか、マゴット・フォンティーンってバレリーナなんかも東京に来ると必ず彼の家を訪ねていた。誰かが訪ねて来ればパーティーだ。僕にとっては子どもの頃に得た物凄い経験になった。色々な意味で社交ってことを学んだんだと思う。これはカナダに来てからとても役に立った。

ホー助も僕も Citrin の子どもたちと本当に仲良くなった。ジャッキー、デービット、ダニー（ダニーは今や BIG ショットだ）と毎日遊んだ。今でも仲良しの友だちだ。軽井沢では来る日も来る日も極楽だった。軽井沢のテニスクラブで、ホー助をはじめ僕らは人気者だった。ああ本当に懐かしい。よく人にサンはどこに住んでいるのかと訊かれたよ。僕は平気でホー助の家だと答えていた。

六年か七年、僕は毎年何ヶ月も彼の家に住まわせてもらったのだった。本当に厚かましいやつだ。今は僕だって反省している。だけど、吉川家の人たちは一度も嫌な顔をしなかった。平気で彼の家に居られたのはみんなが素晴らしい人達でとても自由にさせてくれたからだ。一生の思い出になる僕の一頁を作ってくれた。僕はまるで彼の家のメンバーのようだった。あの頃から僕のジプシーのような生活は始まったのかもしれない。

吉川家の軽井沢の別荘は最高だった。あらゆる人に出会えたし、軽井沢って場所も良かった。軽井沢で出会った外国人たちに僕は随分影響された。Citrin Family にも会えた。これは僕の人生に大きな素晴らしい経験を与えてくれたし、その後のカナダの生活にも凄い影響だった。あの時の経験が今に繋がっている。

今でも僕は日本に帰ってくると必ず東京の青山にあるホー助のお墓参りに行っている。本当にありがとうって声を掛ける。ホー助も先生ももうこの世にいない。でも一生忘れられない思い出だ。目をつむるとあの時の情景がすべて目の前に戻ってくる。涙が出そうになるよ。ホー助ありがとう、ありがとう。

スウィングさせなけりゃ何の意味もないってことさ [It Don't Mean A Thing]

violinは中学の頃、母に言われて無理矢理にピアノと一緒に習わなければならない状態になった。でも実は二週間でやめてしまったんだ。僕は母に言わずレッスン料をポケットに入れてしまうという実に悪い子どもだった。

Jazz musicはホー助のお兄さんの英明さんにさんざん当時の新しいLAZZレコードを聴かせてもらった。ジュディー・ロンドン、アニタオデ。M・J・Q、バニー・ケッヤルもうありとあらゆる音楽を毎日聴かされた。今から考えてみるとあの時に音楽を聴いて感激したことが現在に繋がっているんだ。若い時に受けた経験そしてそして感激して興奮した感情ってとても大切なんだ。この歳になって余計によく分かるよ。若い時の思い出は忘れないけど、今や感激しても次の日には忘れてしまいがちなんだよ。淋しいけどね。

英明さんにこれも聴け、これもだ、って毎日新しい音楽を聴かされたのは、とても楽しい時間だった。今の僕は夢中でJazz violinを弾いている。英明さんに会ったことがきっかけになってJazzを弾くことになったんだから、感謝してもしきれない。

僕がプロになったのはなんと五〇歳の時。トロントのイタリアンレストランPREGOで一二年間、いろいろな音楽家ピアニスト、ギターリスト、ベーシストと演奏した。実はそれが僕にとってのJazzの学校だった。僕は全部Self taughtだ。譜も読めない、耳と感性だけ。大変なものを始めてしまったもんだよね。僕のCDには吉川英明さんありがとうと入れた。彼とカナダの素晴らしい音楽家たちが僕を助けてくれたんだ。この人たちは大切な大切な友だちだ。

Jazz musicはとても楽しい。だけど同時にとても難しい。そろそろ本当に勉強しなくてはならない時が来たと思っている。

というのも、なにしろ歳を取ると早く起きてしまうんだ。これってviolinの練習には最高だ。毎日二時間は朝に練習している。素晴らしいことに、この時間にはとても楽しい新しいアイディアがどんどん出てくる。

数年前、トロントのCNEサマーフィスティバルでReg Schureggerと一緒に弾いた。Regはすごいギタリストで George Shearing Quintetのメンバー。日本のNHKでもGeorge Shearing Quintetは弾いている。

四半世紀以上前に、天才ギタリストといわれたRegを三〇ドル払って僕は聴きに行った。その時の僕はまだJazzは弾いていなくって、フォーク音楽をやっていた。Jazzは好きだったけど始めてなかったんだ。

フィスティバルのステージでふと思った。あの時、僕はまさかRegと同じステージで演奏するとは想像も出来なかった。夢を見るって大切だよ。英明さんに聴かせてもらったjazzがこんな奇跡も起こしたんだ。不思議、不思議、夢は見るべきだ。英明さんありがとう。

僕はステージに上がってるんだから顔には出さなかったけど完全な夢見心地だった。もちろんJazzの内容なんて彼と僕じゃ天と地くらい差があるけど、そんなことで小さくなっちゃ駄目なんだ。音楽はとってても正直なものだから何にも隠すことなんてできない。全てがあっという間に出てしまう。心を正直に出す以外は何もないから、ステージでは何もさからわないで自然に任せるしかない。僕はヘタかもしれないけど、Regは最高の演奏をしてくれた。

僕の大好きな熊本のクラブBAHIAでピアニストの豊田隆博さんと二人で演奏した時、彼はこんなことを言っていた。音楽を弾くときは気迫と魂、それに呼吸だ。小さな音は大きな音より大切な時がある。

音楽の方程式みたいなものだ、と思った。音楽は人生と良く似ている。僕はこの方程式を利用して自分の音楽が進歩したと思っている。凄いことを学んだ。とてもとても大切なことを学んだんだ。

Jazz musicianは不思議な人が多い。僕の友人中瀬さんが、好き勝手なことをしたい人たちが集まって好きなことが出来ないのがJazzと言っていた。分かる様な気がするよ。

僕は本当にラッキーな男でさ、音楽家に教えてもらった大切なことがいっぱいあるんだ。そもそも、いつだって自然に素晴らしい音楽家に出会えたってだけでも十分に凄いことだ。たとえばマーク・キースウェター《Merk Kieswetter》に、ニール・スウェインソン《Neil Swainson》。

彼らは世界の人と一緒に演奏をしているような凄い人たちで、僕の演奏ではとてもじゃないけど彼らのレベルには届かない。だけどとても仲のいい友だちになれたんだ。レベルは天と地の違いだけど、演奏と友だちは別なことだもんね。彼らと一緒に音楽をやる機会がある度に僕は決して錯覚したりしないと決めている。ただひたすらこれってラッキーなことなんだよ、こんなに素晴らしい音楽家と演奏できるんだから！

そういえば、マークからはこんな事も教わった。

「もし音楽を弾くとき、ステージの上に立ったなら、すべてを天に任せろ」

これまでに何度か書いたこの心得って、実はマークの教えなんだ。自分の心に正直であること、うまく弾こうとか余計なことは考えるなって。他の人の音楽を一緒にやらせてもらえてるときは、その人の音楽をよく聞くことがとても大切だって。

そりゃそうだよね、バンドでやる場合は、いつだって他の人たちの音楽をよく聞かなきゃならない。それってさ、実は普通の人の普通の人生でだってそうなんじゃないかな。人の言うことはよく聞かなきゃならないよね、円満にやっていくには。僕は絵描きでもあるから、絵にも似たところがあるな、なんて思う。一人でしゃべりまくったって駄目なんだ。人の言うことをよく聞くことから、自分が出来るんだ。どんな小さな絵だって、絵の中に空気がないと駄目だし、心を感じない絵は意味がない。

人間って生きていくのは大変なことだし人間関係だってとても難しいけど、たったひとつ、人と一緒にいる時はちゃんと聞くって、それを知ってるだけでとても簡単になるんじゃないかな。僕は人と仲良くなるのが得意だけど、秘訣なんて実はそれだけだったんだ。誰にあっても、仲良しな人でも、すべて正直に話したり心に偽りなく接することで、全部自然に任せられるんだよ。音楽も絵も、ある瞬間に体と頭がひとつになる時がある、その感じがとても素晴らしくて、他の世界に飛んでいけるみたいな感覚になるけど、それが人生のすべてに通じている気がするよ。

僕は人に恵まれている。大好きな熊本には、ニールも連れて来ちゃったし、彼はクマモトをとても気に入って、帰った三日後には「サン、クマモトに行こう!」って電話してくるくらいだった。

そもそも熊本には、Street Art-plex Kumamoto に参加させて貰ったのが縁で来るようになった。その時ジャズピアニストの中田由美とも知り合って、今では親友だ。由美チャンはとっても気風のいい人で、僕はなんだか彼女のことは僕を叱りながら面倒見てくれるおじさんみたいな気持ちで付き合っている時がある。なんて由美チャンに怒られちゃうな！　とてもチャーミングでピアノが巧いんだ。

彼女と僕はもう長く一緒にコンビで演奏をしていて、でも始めた頃は本当に下手糞だった。勿論、やってる僕らは巧いと思ってたのが、今になって思い返すと笑ってしまう。だけどずっと一緒にやってきて、僕らの音楽はとてもよくなった。一緒にもっともっと高い場所を目指すのはとても楽しくて嬉しい。そこに世界的なミュージシャンであるニールが加わってくれたりね、進化は止まらないんだ。それも熊本の魅力かもしれない。

熊本で一番好きなのは並木坂。上通のアーケードを抜けた先の石畳の道だ。素敵なレストランがあるし、ちらっとお城も見える。にこやかに人が行き交っていて明るいこの通りは素敵で、毎日みたいに寄らせて貰ってコーヒーをご馳走になる天野屋さんって古本屋さんもとっても素敵だ。店主の柏原さんの笑顔を見ると、僕はわけもなく嬉しくなる。大好きだ。

なんでここがそんなに好きなんだろうと考えてたけど、遂に連れて来る事が出来た親友クロちゃんが「サン、ここは昔の自由が丘に似てるんじゃないか」と言い出した。なるほど、だから僕はここが好きなのか！　全部繋がってるんだなぁ。

熊本で拠点にさせてもらっているジャズバーのチカチャンには〝無欲のエレガンス〟って言葉を教えて貰った。僕はこの言葉が大好きだ。そもそも僕はあんまり金持ちってヤツが好きじゃない。お金や財産で何でも解決出来ると思うのってとても淋しいよね。お金なんて紙だよ、世界はもっと広いし、空は全部繋がってるんだから、誰もが繋がっていて、誰かがいての自分なんだって思ったら、そんな紙切れじゃ何も解決なんかしないんだ。もっと夢を見た方がいいよ、一生懸命に自分の好きなものに突っ込んでいけば必ず道は開けるんだから！

夢といえば、もう一つある。

昔、お金もないのに六本木のロジエというクラブによく出入りした。アメリカかぶれの僕の目当てはホキ トクタというジャズピアニスト。僕は彼女が弾くガーシュインが大好きでいつも惚れ惚れ聴いていた。その後彼女はロスへ渡り作家のヘンリー・ミラーと結婚したんだけど、ヘンリーが亡くなった後は日本に戻ってピアノバーを始めていた。

僕は親友の鍵富に連れられてそのバーに行った。ボストンCafeというその店はヘンリーのたくさんの絵に囲まれていた。彼女はおばあさんになっていたが、まだピアノを弾いていた。violinを持っていた僕は彼女と一緒に演奏をした。昔聞いていたころの演奏技術はなかったけど、そんなことは懐かしさとうれしさでいっぱいだった僕には関係なかった。

とても幸福だった。それが音楽の最高なところだよ。

いつだって、人生もJazzもスウィングしなけりゃ意味がない。スウィングすりゃ他は小さなことなんだ。

僕だって波乱万丈の人生だけど、偶然の人との出会いに幾度となく助けられてここまで来た。これもスウィングでしょ？　利休の「一期一会」ってすごい言葉だよね。

僕の人生で一番幸福なことは、自分の好きなことを見つけられたこと。人間は不思議なもので本当に好きなことはどんな困難が伴おうとも辞めないでいられるんだよ。英語に「Winner never quit」という言葉がある。誰もが、そう出来るって僕は思っている。

カナダという国は自由で好きなことは何でもできる。僕はカナダにいけてよかった。だって僕みたいな人間は日本という国では何もできなかったんじゃないかな。今なら可能かもしれないけど。

何かに行き詰ったら、飛び出してみるのも良いんだよ。自分の人生だからね。勿論、何か新しいことをやるには勇気もいるし自信を持たなければならない。運も大きく関係する。少し怖いけど、でもやらなくては答えは出ない。そうだ人生は一度きり「やってしまえ」だ。

僕はもしかしたら成功者に見えるかもしれない。でも僕は僕が全然成功していないって知っている。成功なんてしなくたって良いんだ。僕はずっと夢を見ていたいから。

世の中ってこれでもうまくできているよ。傑作というものはなくて、あるとすれば未来の作品なんんだ。若いころは僕だって有名になりたいだとか、お金持ちになろうだとか思ってたけど、今はあんまり興味が無い。僕はそんなもの一つも持っていないけど、今まで文句なしにやってきたじゃないか。このまま行こう！　顔はしわだらけでもさ、頭の中が好奇心で満ちていて何かにパッションを持っていれば歳だって取らないよ。もう昨日はないんだ。あるのは今と明日のみだよ。それが僕のValue of Life。超〝サン〟流のススメだ。

どうか君に、この長い長いレターが届きますように。

すぐにいけるよ [Take the 'A' Train]

なんだかあっという間に時間が経ってしまった。僕はもうすぐ八十歳だ。ちょうど川に落ちた木の葉がびっくりする速さで遠くに流れていってしまったみたい。

昔の僕は、八十まで生きられたら文句なし、なんて言ってたけど、ちょっと考え直した。今や百まで生きるつもり。ゴメンね。八十歳を超えたらみんな天国へのパスポートを交付されるっていうけど、僕はまだ遠慮しておくんだ。九十になってから考えるよ。

僕は子どものように天真爛漫な明るいおじいさん、人から愛される可愛いおじいさんになりたい。もちろん今でももうおじいさんなんだけど。

人ってさ、生きたいようにしか生きられないのが宿命だ。僕もお陰様で自分の好きなように生きてきた。そのせいでたくさんの人に迷惑も掛けちゃったと思ってる。特にキャシー。僕の大事なキャシーにはとんでもない苦労を掛けた。

いつだって、そのときには一番正しいと思ったことをやってるんだ。だけど今になって振り返ったらずいぶん失敗してる。本当にゴメンね、キャシー。

それでも僕が今、幸せでいられるのは、絵を描いて violin を弾いて生きていられるからだ。毎日楽しくて素晴らしい。人生なんて銀行の計画みたいになんかいかないから、これでも僕の人生は奇跡でいっぱいだ。

本当に人のことを愛したときの、キスをする前のあの美しい空間、そうじゃなかったら抱き合う前のあの瞬間、そういう最高を積み上げて、僕は残りの人生を送るつもりでいる。自分の大事な残りの時間を、無欲のエレガンスで静かにゆっくり生きていきたい僕の、残せるたった一つのものが、この本だ。

お金なんてただの紙切れだから、僕は同じ紙ならこの本を残すよ。キャシーに、タロウくんに、クロちゃんに、すべての友だちに。どうか受け取ってもらえますように。

この本をつくるのに、すごく色んな人にお世話になった。伽鹿舎の加地さんを始め、仲良しの友だち、松野智佳子、松野三佳子、高杉稔、堀浩司。心から感謝しています。

最後にもう一度。

この本にこめた駄目な親父の全部の気持ちを、君に、僕の愛する息子に捧げます。

二〇一八年春　サン

cerf

僕には明日しかない！

TO SON FROM SAN

著者　サン ムラタ

2018年4月23日　初版第一刷発行
編集・ライター　加地　葉
デザイン　瀧沢　諒
発行　伽鹿舎
印刷・製本　藤原印刷株式会社

伽鹿舎
〒860-0847 熊本市上林町3-40 天野屋ビル3階
kajikasha@kaji-ka.jp　http://kaji-ka.jp

誰かの人生は、それ自体が文学だ。
伽鹿舎 cerf

ISBN978-4-908543-09-8　C0095　

伽鹿舎
KAJIKASHA